Noite na taverna
Macário

Álvares de Azevedo

TEXTO INTEGRAL

3ª Edição

A ortografia deste livro foi atualizada segundo o Acordo Ortográfico da Língua Portuguesa (1990), que passou a vigorar em 2009.

COLEÇÃO A OBRA-PRIMA DE CADA AUTOR

Noite na taverna

Macário

Álvares de Azevedo

TEXTO INTEGRAL

MARTIN CLARET

Ano da primeira publicação de *Noite na taverna*: 1855.

CONSELHO EDITORIAL
Martin Claret

PRODUÇÃO EDITORIAL
Taís Gasparetti

CAPA
Ilustração:

MIOLO
Texto de apresentação: Taís Gasparetti / Alexander Barutti A. Siqueira
Revisão: Giacomo Leone / Luciane Helena Gomide
Projeto gráfico: José Duarte T. de Castro
Editoração eletrônica: Editora Martin Claret
Impressão e acabamento: Paulus Gráfica

Dados Internacionais de Catalogação na Publicação (CIP)
(Câmara Brasileira do Livro, SP, Brasil)

Azevedo, Álvares de, 1831-1852.
Noite na taverna; Macário / Álvares de Azevedo. — 3. ed. — São Paulo: Martin Claret, 2011. — (Coleção a obra-prima de cada autor; 144)

"Texto integral"
ISBN 978-85-7232-597-4

1. Contos brasileiros 2. Teatro brasileiro I. Título: II. Título.

11-11955 CDD-869-93
-869-92

Índices para catálogo sistemático:

1. Contos: Literatura brasileira 869.93
2. Teatro: Literatura brasileira 869.92

EDITORA MARTIN CLARET LTDA.
Rua Alegrete, 62 – Bairro Sumaré – CEP: 01254-010 – São Paulo – SP
Tel.: (11) 3672-8144 – Fax: (11) 3673-7146
www.martinclaret.com.br / editorial@martinclaret.com.br

Impresso em 2012

Sumário

Macário

❖

Apresentação

Romantismo

O Romantismo foi um movimento intelectual e artistico que se iniciou na Europa, no final do século XVIII.

Em oposição à objetividade, ao racionalismo e à retomada dos valores clássicos pelo Arcadismo, o Romantismo foi um movimento marcado por subjetividade, valorização das emoções, idealismo, individualismo, busca da liberdade de criação, espiritualidade, valorização do passado e nacionalismo.

Contexto histórico

Nascido no contexto da Revolução Francesa, o Romantismo teve início na Europa em um momento em que, em razão da falência das monarquias absolutistas, o poder passava das mãos da nobreza para as da burguesia. A ascensão da classe burguesa provocou então uma alteração no público consumidor de literatura, que se tornou mais popular. Assim, surgiram os primeiros folhetins nos jornais, constituídos de uma literatura extremamente sentimentalista, com o intuito de atrair leitores.

Em Portugal, o Romantismo teve como marco a publicação do poema "Camões", de Almeida Garrett, em 1825, e no Brasil, a publicação da obra *Suspiros poéticos e saudades*, de Gonçalves de Magalhães, em 1836.

Influências

Alguns filósofos dessa época foram importantes também por influenciar a constituição dos ideais românticos e, consequentemente, o início do movimento. Dentre eles, destacamos:

Jean-Jacques Rousseau (1712-1778) — filósofo suíço considerado precursor do Romantismo. Responsável pela teoria do "bom selvagem", que postulava ideias como: "o homem é bom por natureza. É a sociedade que o corrompe" e "a maioria de nossos males é obra nossa e os evitaríamos, quase todos, conservando uma forma de viver simples, uniforme e solitária que nos era prescrita pela natureza".

Johann Gottlieb Fichte (1762-1814) — filósofo alemão que afirmava que o racionalismo era apenas uma parte do intelecto, ao lado de outros aspectos, como experiência, intuição, imaginação, entre outros. Por isso a influência aos românticos.

Friedrich Wilhelm Joseph von Schelling (1775-1854) — filósofo alemão considerado um dos mais importantes do Idealismo alemão pós-kantiano. Afirmava que "o único conhecimento possível é o que a consciência tem de si própria", assim, o único saber relevante era o autoconhecimento, ideia relacionada ao individualismo e subjetivismo dos escritores românticos.

O autor

Manuel Antônio Álvares de Azevedo nasceu em 1831, em São Paulo, filho de pais abastados. Ainda pequeno, mudou-se para o Rio de Janeiro, onde principiaria seus estudos. Desde muito cedo, o futuro poeta demonstrou um desempenho escolar brilhante. Após concluir os estudos secundários no Colégio Pedro II — com a elite da juventude brasileira —, Álvares de Azevedo retornou para São Paulo para estudar Direito, no ano de 1848.

É importante observar que, nessa época, o Rio de Janeiro era o grande centro urbano do Brasil e que São Paulo tinha um caráter ainda provinciano, pobre e acanhado, muito diferente do que se tornaria mais tarde. Na Faculdade de Direito, Álvares de Azevedo conheceu os jovens Bernardo Guimarães e Aureliano Lessa, também escritores.

Os três se tornariam grandes amigos e, juntos, em meio ao ócio e ao tédio em que viviam, dividiam seu tempo entre os estudos, a poesia e a boemia. Nesse período de estadia em São Paulo, de 1848 a 1851, Álvares de Azevedo compôs toda sua obra, tendo escrito inclusive teses jurídicas.

Não obstante a pouca idade, Álvares de Azevedo tinha um profundo conhecimento literário — seus poemas são cheios de referências aos grandes autores, de Shakespeare a Lorde Byron e Musset — e conhecia vários idiomas. Contudo, o jovem escritor não viveria para desfrutar do prestígio de ser o mais importante poeta da geração ultrarromântica: em virtude da tuberculose e das complicações de um acidente que sofrera andando a cavalo, Álvares de Azevedo faleceu em 1852, pouco antes de completar 21 anos. Toda sua obra foi publicada postumamente.

O estilo de Álvares de Azevedo

A obra de Álvares de Azevedo elevou a literatura brasileira a um novo patamar. Em virtude dos esforços de seus antecessores em fundar uma literatura nacional — como, notadamente, Gonçalves Dias —, Álvares de Azevedo pôde se dedicar a uma obra de cunho mais pessoal e abrangente, sem preocupações nacionalistas evidentes.

O tratamento pouco rebuscado da forma, bem como certa ingenuidade em alguns de seus escritos, ocasionou uma série de críticas ao autor, e muitos estudiosos consideram sua obra irregular. Entretanto, cabe ressaltar que sua obra foi composta ao longo de apenas quatro anos, de modo que o autor não dispôs do tempo necessário para lapidá-la, e que tinha em vista um tom de espontaneidade e arrebatamento inspirador, e não a perfeição formal.

Para compreendermos o papel de Álvares de Azevedo na literatura brasileira, convém examinarmos alguns dos traços mais distintivos de sua obra. Primeiramente, trata-se de um autor *imagético*; nesse sentido, é forçoso estabelecer um paralelo em relação a outro grande expoente do Romantismo brasileiro: Gonçalves Dias. Este, um poeta com grande apuro formal, tem como traço mais marcante a *musicalidade*; o ritmo tende a expressar mais sentido do que as próprias palavras. Já em Álvares de Azevedo, predomina a imaginação e o visual, com a construção de cenas e ambientes ricamente detalhados.

Além da imaginação, a *antítese* é um elemento basilar em sua obra. O jogo de extremos e de contradições é decisivo: a luz e a escuridão, o amor casto e irrealizável e o desejo carnal, vulgar, o sentimentalismo e a ironia indiferente, o sublime e o grotesco. Todas essas dualidades se organizam em torno de uma antítese maior, o sonho e a realidade. Em Álvares de Azevedo, a literatura toma o aspecto de máscara e de libertação: de máscara, porque o autor constrói uma nova identidade para si, de acordo com sua vontade; de libertação, porque constrói, no domínio da imaginação, a vida que não pode ter.

Sobre *Noite na taverna*

Noite na taverna é a única prosa de ficção escrita por Álvares de Azevedo. Nela, um grupo de jovens reunidos numa taverna conta, enquanto se embriagam de vinho, episódios singulares que viveram no passado e que os marcaram profundamente. Todos esses acontecimentos narrados apresentam em comum um caráter mórbido e onírico.

A obra divide-se em sete capítulos. O primeiro tem a função de prelúdio, apresentando os personagens e o contexto em que estão inseridos. Nos cinco capítulos seguintes, cada um dos personagens assume o papel de narrador, contando sua história aos convivas. Esses capítulos podem ser lidos de maneira independente, como contos, embora estejam interligados e componham um todo coeso e maior, que é o próprio livro. O capítulo final apresenta a chegada de uma misteriosa figura feminina que fizera parte da narração de um dos protagonistas, de modo a interligar os eventos transcorridos no passado ao presente da narrativa.

As temáticas byronianas, que tanto influenciaram Álvares de Azevedo, são levadas ao extremo em *Noite na taverna*: a juventude sem futuro e sem esperança, entregue ao ócio e aos vícios, a sexualidade pervertida — composta por necrofilia, incesto e até mesmo abuso sexual —, a morte, o crime e o grotesco, todas essas características conferem à obra o tom macabro que lhe torna particular.

As peripécias sucedidas ao longo de *Noite na taverna* são marcadas por uma atmosfera de estranheza e de sonho, de modo que não se pode afirmar se aconteceram de fato ou se são fruto da embriaguez ou da imaginação.

Sobre *Macário*

Macário foi a única peça de teatro escrita por Álvares de Azevedo e divide-se em duas partes. Na primeira, Macário, um jovem estudante, chega a uma estalagem de beira de estrada. Lá, ele se encontra com um misterioso viajante que demonstra conhecê-lo e que revela ser o próprio Diabo. Na segunda parte, Macário encontra-se na Itália, na companhia de outros estudantes, e novamente o Diabo vai à sua procura. Ao longo de toda a peça, os diálogos têm como tema as questões mais representativas do autor: o amor sublime e o amor profano, a juventude sem futuro, o pessimismo, o macabro e a própria poesia.

Característica recorrente em Álvares de Azevedo, a citação de grandes nomes da literatura — personagens ou autores — é uma constante. Diferente das peças tradicionais, *Macário* não se divide em atos. Além disso, a estruturação das cenas e dos diálogos favorece a leitura da obra em detrimento de sua encenação, de modo a aproximar *Macário* do gênero narrativa de ficção.

❖

Noite na Taverna

How now Horatio? You tremble and look pale:
Is not this something more than fantasy?
*What think you of it?**

Hamlet, ato I.

* “O que é isto, Horário? Você treme e está pálido. Não é algo mais do que imaginação? O que lhe parece?” (N. do E.)

CAPÍTULO I

Job Stern[1]
Uma noite do século

Bebamos! Nem um canto de saudade!
Morrem na embriaguez da vida as dores!
Que importam sonhos, ilusões desfeitas?
Fenecem como as flores!

BONIFÁCIO

— Silêncio, moços! Acabai com essas cantilenas horríveis! Não vedes que as mulheres dormem ébrias, macilentas como defuntos? Não sentis que o sono da embriaguez pesa negro naquelas pálpebras onde a beleza sigilou os olhares da volúpia?

— Cala-te, Johann! Enquanto as mulheres dormem e Arnold, o louro, cambaleia e adormece murmurando as canções de orgia de Tieck,[2] que música mais bela que o alarido da saturnal? Quando as nuvens correm negras no céu como um bando de corvos errantes, e a lua desmaia como a luz de uma lâmpada sobre a alvura de uma beleza que dorme, que melhor noite que a passada ao reflexo das taças?

— És um louco, Bertram! Não é a lua que lá vai macilenta é o relâmpago que passa e ri de escárnio às agonias do povo que morre, aos soluços que seguem as mortualhas do cólera!

[1] Job Stern é o narrador fictício desta obra. (N. do E.)

[2] Ludwig Tieck (1773-1853), poeta alemão que fez parte do Romantismo. (N. do E.)

— O cólera! E que importa? Não há por ora vida bastante nas veias do homem? Não borbulha a febre ainda às ondas do vinho? Não reluz em todo o seu fogo a lâmpada da vida na lanterna do crânio?

— Vinho! Vinho! Não vês que as taças estão vazias e bebemos o vácuo, como um sonâmbulo?

— É o Fichtismo[3] na embriaguez! Espiritualista, bebe a imaterialidade da embriaguez!

— Oh! Vazio! Meu copo está vazio! Olá, taverneira, não vês que as garrafas estão esgotadas? Não sabes, desgraçada, que os lábios da garrafa são como os da mulher: só valem beijos enquanto o fogo do vinho ou o fogo do amor os borrifa de lava?

— O vinho acabou-se nos copos, Bertram, mas o fumo ondula ainda nos cachimbos! Após dos vapores do vinho os vapores da fumaça! Senhores, em nome de todas as nossas reminiscências, de todos os nossos sonhos que mentiram, de todas as nossas esperanças que desbotaram, uma última saúde! A taverneira aí nos trouxe mais vinho: uma saúde! O fumo é a imagem do idealismo, é o transunto de tudo quanto há mais vaporoso naquele espiritualismo que nos fala da imortalidade da alma! E pois, ao fumo das Antilhas, à imortalidade da alma!

— Bravo! Bravo!

Um urra! tríplice respondeu ao moço meio ébrio.

Um conviva se ergueu entre a vozeria: contrastavam-lhe com as faces de moço as rugas da fronte e a rouxidão dos lábios convulsos. Por entre os cabelos prateava-se-lhe o reflexo das luzes do festim. Falou:

— Calai-vos, malditos! A imortalidade da alma! Pobres doidos! E porque a alma é bela, porque não concebeis que esse ideal possa tornar-se em lodo e podridão, como as faces belas da virgem morta, não podeis crer que ele morra? Doidos! Nunca velada levastes porventura uma noite à cabeceira de um cadáver? E então não duvidastes que ele não era morto, que aquele peito e aquela fronte iam palpitar de novo, aquelas pálpebras iam abrir-se, que era apenas o ópio do sono que emudecia aquele homem? Imortalidade da alma! E por que também não sonhar a das flores, a das brisas, a dos perfumes? Oh! Não mil vezes! A alma não é, como a lua, sempre moça, nua

---

[3] Fichtismo é o sistema filosófico de J. G. Fichte (1762-1814). (N. do E.)

e bela em sua virgindade eterna! A vida não é mais que a reunião ao acaso das moléculas atraídas: o que era um corpo de mulher vai porventura transformar-se num cipreste ou numa nuvem de miasmas; o que era um corpo do verme vai alvejar-se no cálice da flor ou na fronte da criança mais loura e bela. Como Schiller[4] o disse, o átomo da inteligência de Platão foi talvez para o coração de um ser impuro. Por isso eu vo-lo direi: se entendeis a imortalidade pela metempsicose, bem! Talvez eu a creia um pouco, pelo Platonismo, não!

— Solfieri! És um insensato! O materialismo é árido como o deserto, é escuro como um túmulo! A nós frontes queimadas pelo mormaço do sol da vida, a nós sobre cuja cabeça a velhice regelou os cabelos, essas crenças frias? A nós os sonhos do espiritualismo.

— Archibald! Deveras que é um sonho tudo isso! No outro tempo o sonho da minha cabeceira era o espírito puro ajoelhado no seu manto argênteo, num oceano de aromas e luzes! Ilusões! A realidade é a febre do libertino, a taça na mão, a lascívia nos lábios, e a mulher seminua trêmula e palpitante sobre os joelhos.

— Blasfêmia! E não crês em mais nada? Teu ceticismo derrubou todas as estátuas do teu templo, mesmo a de Deus?

— Deus! Crer em Deus! Sim! Como o grito íntimo o revela nas horas frias do medo — nas horas em que se tirita de susto e que a morte parece roçar úmida por nós! Na jangada do náufrago, no cadafalso, no deserto, sempre banhado do suor frio do terror, é que vem a crença em Deus! Crer nele como a utopia do bem absoluto, o sol da luz e do amor, muito bem! Mas, se entendeis por ele os ídolos que os homens ergueram banhados de sangue, e o fanatismo beija em sua inanimação de mármore de há cinco mil anos — não creio nele!

— E os livros santos?

— Miséria! Quando me vierdes falar em poesia eu vos direi: aí há folhas inspiradas pela natureza ardente daquela terra como nem Homero as sonhou, como a humanidade inteira ajoelhada sobre os túmulos do passado mais nunca lembrará! Mas, quando me falarem em verdades religiosas, em visões santas, nos desvarios daquele povo estúpido, eu vos direi: Miséria! Miséria! Três vezes miséria! Tudo aquilo é falso: mentiram como as miragens do deserto!

— Estás ébrio, Johann! O ateísmo é a insânia como o idealismo

---

[4] Friedrich Schiller (1759-1805) foi um poeta e filósofo; um dos maiores representantes do Romantismo alemão. (N. do E.)

místico de Schelling,[5] o panteísmo de Spinoza,[6] o judeu, e o esoterismo crente de Malebranche[7] nos seus sonhos da visão em Deus. A verdadeira filosofia é o Epicurismo. Hume[8] bem o disse: o fim do homem é o prazer. Daí vede que é o elemento sensível quem domina. E pois ergamo-nos, nós que amarelecemos nas noites desbotadas de estudo insano, e vimos que a ciência é falsa e esquiva, que ela mente e embriaga como um beijo de mulher.

— Bem! Muito bem! É um *toast*[9] de respeito!

— Quero que todos se levantem, e com a cabeça descoberta digam-no: Ao Deus Pã da natureza, aquele que a Antiguidade chamou Baco — o filho das coxas de um deus e do amor de uma mulher, e que nós chamamos melhor pelo seu nome — o vinho.

— Ao vinho! Ao vinho!

Os copos caíram na mesa.

— Agora ouvi-me, senhores! Entre uma saúde e uma baforada de fumaça, quando as cabeças queimam e os cotovelos se estendem na toalha molhada de vinho, como os braços do carniceiro no cepo gotejante, o que nos cabe é uma história sanguinolenta, um daqueles contos fantásticos — como Hoffmann[10] os delirava ao clarão dourado de Johannisberg!

— Uma história medonha, não, Archibald? — falou um moço pálido que a esse reclamo erguera a cabeça amarelenta. — Pois bem, dir-vos-ei uma história. Mas quanto a essa, podeis tremer a gosto, podeis suar a frio da fronte grossas bagas de terror. Não é um conto, é uma lembrança do passado.

— Solfieri! Solfieri! Aí vens com teus sonhos!

— Conta!

— Solfieri falou. Os mais fizeram silêncio.

❖

---

[5] Friedrich von Schelling (1775-1854), filósofo alemão e representante do Idealismo alemão, ao lado de Fichte e Hegel. (N. do E.)

[6] Baruch Spinoza, filósofo holandês; um dos maiores representantes do Racionalismo do séc. XVII. (N. do E.)

[7] Nicolas Malebranche (1638-1715), filosófo francês. (N. do E.)

[8] David Hume (1711-1776), filósofo e historiador francês, representante do Empirismo moderno, ao lado de John Locke e George Berkeley. (N. do E.)

[9] *Toast*, em inglês: brinde. (N. do E.)

[10] E. T. A. W. Hoffmann (1776-1822), escritor, compositor e pintor alemão. Um dos maiores representantes da literatura fantástica. (N. do E.)

CAPÍTULO II

Solfieri

... Yet one kiss on your pale clay
And those lips once so warm — my heart! my heart![1]

BYRON, CAIN

Sabeis-lo. Roma é a cidade do fanatismo e da perdição: na alcova do sacerdote dorme a gosto a amásia, no leito da vendida se pendura o crucifixo lívido. É um requintar de gozo blasfemo, que mescla o sacrilégio à convulsão do amor, o beijo lascivo à embriaguez da crença!

Era em Roma. Uma noite a lua ia bela como vai ela no verão por aquele céu morno, o fresco das águas se exalava como um suspiro do leito do Tibre. A noite ia bela. Eu passeava a sós pela ponte de... As luzes se apagaram uma por uma nos palácios, as ruas se faziam ermas, e a lua sonolenta se escondia no leito de nuvens. Uma sombra de mulher apareceu numa janela solitária e escura. Era uma forma branca. A face daquela mulher era como de uma estátua pálida à lua. Pelas faces dela, como gotas de uma taça caída, rolavam fios de lágrimas.

---

[1] "... Mais um beijo no seu corpo lívido / E nestes lábios outrora tão quentes — meu coração! meu coração!" (N. do E.)

Eu me encostei à aresta de um palácio. A visão desapareceu no escuro da janela, e daí um canto se derramava. Não era só uma voz melodiosa, havia naquele cantar um como choro de frenesi, um como gemer de insânia; aquela voz era sombria como a do vento à noite nos cemitérios, cantando a nênia das flores murchas da morte.

Depois o canto calou-se. A mulher apareceu na porta. Parecia espreitar se havia alguém nas ruas. Não viu ninguém — saiu. Eu segui-a.

A noite ia cada vez mais alta, a lua sumira-se no céu, e a chuva caía às gotas pesadas; apenas eu sentia nas faces caírem-me grossas lágrimas de água, como sobre um túmulo prantos de órfão.

Andamos longo tempo pelo labirinto das ruas, enfim ela parou. Estávamos num campo.

Aqui, ali, além eram cruzes que se erguiam de entre o ervaçal. Ela ajoelhou-se. Parecia soluçar; em torno dela passavam as aves da noite.

Não sei se adormeci. Sei apenas que quando amanheceu achei-me a sós no cemitério. Contudo a criatura pálida não fora uma ilusão: as urzes, as cicutas do campo santo estavam quebradas junto a uma cruz.

O frio da noite, aquele sono dormido à chuva, causaram-me uma febre. No meu delírio passava e repassava aquela brancura de mulher, gemiam aqueles soluços, e todo aquele devaneio se perdia num canto suavíssimo...

Um ano depois voltei a Roma. Nos beijos das mulheres nada me saciava: no sono da saciedade me vinha aquela visão...

Uma noite, e após uma orgia, eu deixara dormida no leito dela a condessa Barbora. Dei um último olhar àquela forma nua e adormecida com a febre nas faces e a lascívia nos lábios úmidos, gemendo ainda nos sonhos como na agonia voluptuosa do amor. Saí. Não sei se a noite era límpida ou negra; sei apenas que a cabeça me escaldava de embriaguez. As taças tinham ficado vazias na mesa; nos lábios daquela criatura eu bebera até a última gota o vinho do deleite...

Quando dei acordo de mim estava num lugar escuro: as estrelas passavam seus raios brancos entre as vidraças de um templo. As luzes de quatro círios batiam num caixão entreaberto. Abri-o: era o de uma moça. Aquele branco da mortalha, as grinaldas da morte na fronte dela, naquela tez lívida e embaçada, o vidrento dos olhos mal apertados... Era uma defunta! E aqueles traços todos me lembraram uma ideia perdida... Era o anjo do cemitério! Cerrei as portas da igreja, que, ignoro por quê, eu achara abertas. Tomei o cadáver nos meus braços para fora do caixão. Pesava como chumbo...

Sabeis a história de Maria Stuart degolada e do algoz, "do cadáver sem cabeça e do homem sem coração" como a conta Brantôme?[2] Foi uma ideia singular a que eu tive. Tomei-a no colo. Preguei-lhe mil beijos nos lábios. Ela era bela assim: rasguei-lhe o sudário, despi-lhe o véu e a capela como o noivo os despe à noiva. Era uma forma puríssima. Meus sonhos nunca me tinham evocado uma estátua tão perfeita. Era mesmo uma estátua: tão branca era ela. A luz dos tocheiros dava-lhe aquela palidez de âmbar que lustra os mármores antigos. O gozo foi fervoroso — cevei em perdição aquela vigília. A madrugada passava já frouxa nas janelas. Àquele calor de meu peito, à febre de meus lábios, à convulsão de meu amor, a donzela pálida parecia reanimar-se. Súbito abriu os olhos empanados. Luz sombria alumiou-os como a de uma estrela entre névoa, apertou-me em seus braços, um suspiro ondeou-lhe nos beiços azulados... Não era já a morte: era um desmaio. No aperto daquele abraço havia contudo alguma coisa de horrível. O leito de lájea onde eu passara uma hora de embriaguez me resfriava. Pude a custo soltar-me daquele aperto do peito dela... Nesse instante ela acordou...

Nunca ouvistes falar da catalepsia? É um pesadelo horrível aquele que gira ao acordado que emparedam num sepulcro; sonho gelado em que se sentem os membros tolhidos, e as faces banhadas de lágrimas alheias sem poder revelar a vida!

A moça revivia a pouco e pouco. Ao acordar desmaiara. Embucei-me na capa e tomei-a nos braços coberta com seu sudário como uma criança. Ao aproximar-me da porta topei num corpo, abaixei-me, olhei: era algum coveiro do cemitério da igreja que aí dormira de ébrio, esquecido de fechar a porta...

Saí. Ao passar a praça encontrei uma patrulha.

— Que levas aí?

A noite era muito alta: talvez me cressem um ladrão.

— É minha mulher que vai desmaiada...

— Uma mulher!... Mas essa roupa branca e longa? Serás acaso um roubador de cadáveres?

---

[2] Pierre de Brantôme, ou Bourdeille (1540-1614), escritor francês, autor de *Vie de dames ilustres: françoises et etrangères*, publicado postumamente. (N. do E.)

Um guarda aproximou-se. Tocou-lhe a fronte — era fria.

— É uma defunta...

Cheguei meus lábios aos dela. Senti um bafejo morno. Era a vida ainda.

— Vede — disse eu.

O guarda chegou-lhe os lábios: os beiços ásperos roçaram pelos da moça. Se eu sentisse o estalar de um beijo... o punhal já estava nu em minhas mãos frias...

— Boa noite, moço, podes seguir — disse ele.

Caminhei. Estava cansado. Custava a carregar o meu fardo; e eu sentia que a moça ia despertar. Temeroso de que ouvissem-na gritar e acudissem-me, corri com mais esforço...

Quando eu passei a porta ela acordou. O primeiro som que lhe saiu da boca foi um grito de medo...

Mal eu fechara a porta, bateram nela. Era um bando de libertinos meus companheiros que voltavam da orgia. Reclamaram que abrisse.

Fechei a moça no meu quarto, e abri.

Meia hora depois eu os deixava na sala bebendo ainda. A turvação da embriaguez fez que não notassem minha ausência.

Quando entrei no quarto da moça vi-a erguida. Ria de um rir convulso como a insânia, e frio como a folha de uma espada. Trespassava de dor o ouvi-la.

Dois dias e duas noites levou ela de febre assim... Não houve sanar-lhe aquele delírio, nem o rir do frenesi. Morreu depois de duas noites e dois dias de delírio.

À noite saí; fui ter com um estatuário que trabalhava perfeitamente em cera, e paguei-lhe uma estátua dessa virgem.

Quando o escultor saiu, levantei os tijolos de mármore do meu quarto, e com as mãos cavei aí um túmulo. Tomei-a então pela última vez nos braços, apertei-a a meu peito muda e fria, beijei-a e cobri-a adormecida do sono eterno com o lençol de seu leito. Fechei-a no seu túmulo e estendi meu leito sobre ele.

Um ano — noite a noite — dormi sobre as lajes que a cobriam... Um dia o estatuário me trouxe a sua obra. Paguei-lha e paguei o segredo...

Não te lembras, Bertram, de uma forma branca de mulher que entrevistes pelo véu do meu cortinado? Não te lembras que eu te respondi que era uma virgem que dormia?

— E quem era essa mulher, Solfieri?

— Quem era? Seu nome?

— Quem se importa com uma palavra quando sente que o vinho queima assaz os lábios? Quem pergunta o nome da prostituta com quem dormia, e que sentiu morrer a seus beijos, quando nem há dele mister por escrever-lho na lousa?

Solfieri encheu uma taça. Bebeu-a. Ia erguer-se da mesa quando um dos convivas tomou-o pelo braço.

— Solfieri, não é um conto isso tudo?

— Pelo inferno que não! Por meu pai que era conde e bandido, por minha mãe que era a bela Messalina das ruas, pela perdição que não! Desde que eu próprio calquei aquela mulher com meus pés na sua cova de terra — eu vo-lo juro! —, guardei-lhe como amuleto a capela de defunta. Ei-la!

Abriu a camisa, e viram-lhe ao pescoço uma grinalda de flores mirradas.

— Vedes-la? Murcha e seca como o crânio dela!

❖

CAPÍTULO III

Bertram

But why should I for others groon
When none will sigh form me?[1]

CHILDE HAROLD, I

Um outro conviva se levantou.

Era uma cabeça ruiva, uma tez branca, uma daquelas criaturas fleumáticas que não hesitarão ao tropeçar num cadáver, para ter mão de um fim.

Esvaziou o copo cheio de vinho, e com a barba nas mãos alvas, com os olhos de verde-mar fixos, falou:

— Sabeis, uma mulher levou-me à perdição. Foi ela quem me queimou a fronte nas orgias, e desbotou-me os lábios no ardor dos vinhos e na moleza de seus beijos: quem me fez devassar pálido as longas noites de insônia nas mesas do jogo, e na doidice dos abraços convulsos com que ela me apertava ao seio! Foi ela, vós o sabeis, quem fez-me num dia ter três duelos com meus três melhores amigos, abrir três túmulos àqueles que mais me amavam na vida e depois, depois sentir-me só e abandonado no mundo, como a infanticida que matou o seu filho, ou aquele Mouro infeliz junto a sua Desdêmona pálida!

Pois bem, vou contar-vos uma história que começa pela lembrança desta mulher...

---

[1] "Mas por que eu deveria suspirar por outros, / Quando ninguém suspira por mim?" (N. do E.)

Havia em Cádiz uma donzela... linda daquele moreno das andaluzas que não há vê-las sob as franjas da mantilha acetinada, com as plantas mimosas, as mãos de alabastro, os olhos que brilham e os lábios de rosa d'Alexandria — sem delirar sonhos delas por longas noites ardentes!

Andaluzas! Sois muito belas! Se o vinho, se as noites de vossa terra, o luar de vossas noites, vossas flores, vossos perfumes são doces, são puros, são embriagadores, vós ainda o sois mais! Oh! por esse eivar a eito de gozos de uma existência fogosa nunca pude esquecer-vos!

Senhores! Aí temos vinho d'Espanha, enchei os copos: À saúde das espanholas!..
....
....

Amei muito essa moça, chamava-se Ângela. Quando eu estava decidido a casar-me com ela, quando após das longas noites perdidas ao relento a espreitar-lhe da sombra um aceno, um adeus, uma flor, quando após tanto desejo e tanta esperança eu sorvi-lhe o primeiro beijo, tive de partir da Espanha para Dinamarca onde me chamava meu pai.

Foi uma noite de soluços e lágrimas, de choros e de esperanças, de beijos e promessas, de amor, de voluptuosidade no presente e de sonhos no futuro... Parti. Dois anos depois foi que voltei. Quando entrei na casa de meu pai, ele estava moribundo. Ajoelhou-se no seu leito e agradeceu a Deus ainda ver-me: pôs as mãos na minha cabeça, banhou-me a fronte de lágrimas — eram as últimas — depois deixou-se cair, pôs as mãos no peito, e com os olhos em mim murmurou: Deus!

A voz sufocou-se-lhe na garganta: todos choravam.

Eu também chorava, mas era de saudades de Ângela...

Logo que pude reduzir minha fortuna a dinheiro pus-la no banco de Hamburgo, e parti para a Espanha.

Quando voltei, Ângela estava casada, e tinha um filho...

Contudo meu amor não morreu! Nem o dela!

Muito ardentes foram aquelas horas de amor e de lágrimas, de saudades e beijos, de sonhos e maldições, para nos esquecermos um do outro.

....
....

Uma noite, dois vultos alvejavam nas sombras de um jardim, as folhas tremiam ao ondear de um vestido, as brisas soluçavam aos soluços de dois amantes, e o perfume das violetas que eles pisavam, das rosas e madressilvas que abriam em torno deles era ainda mais doce, perdido no perfume dos cabelos soltos de uma mulher...

Essa noite — foi uma loucura! Foram poucas horas de sonhos de fogo! E quão breve passaram! Depois dessa noite seguiu-se outra, outra... e muitas noites as folhas sussurravam ao roçar de um passo misterioso, e o vento se embriagou de deleite nas nossas frontes pálidas...

Mas um dia o marido soube tudo: quis representar de Otelo com ela. Doido!...

Era alta noite: eu esperava ver passar nas cortinas brancas a sombra do anjo. Quando passei, uma voz chamou-me. Entrei. Ângela com os pés nus, o vestido solto, o cabelo desgrenhado e os olhos ardentes tomou-me pela mão... Senti-lhe a mão úmida... Era escura a escada que subimos: passei a minha mão, molhada pela dela, por meus lábios. Tinha saibo de sangue.

— Sangue, Ângela! De quem é esse sangue?

A espanhola sacudiu seus longos cabelos negros e riu-se. Entramos numa sala. Ela foi buscar uma luz, e deixou-me no escuro.

Procurei, tateando, um lugar para assentar-me: toquei numa mesa. Mas ao passar-lhe a mão senti-a banhada de umidade: além senti uma cabeça fria como neve e molhada de um líquido espesso e meio coagulado. Era sangue...

Quando Ângela veio com a luz, eu vi... era horrível. O marido estava degolado.

Era uma estátua de gesso lavada em sangue... Sobre o peito do assassinado estava uma criança de bruços. Ela ergueu-a pelos cabelos... Estava morta também: o sangue que corria das veias rotas de seu peito se misturava com o do pai!

— Vês, Bertram, esse era meu presente: agora será, negro embora, um sonho do meu passado. Sou tua, e tua só. Foi por ti que tive força bastante para tanto crime... Vem, tudo está pronto, fujamos. A nós o futuro!

....
....

Foi uma vida insana a minha com aquela mulher! Era um viajar sem fim. Ângela vestira-se de homem: era um formoso mancebo assim. No demais ela era como todos os moços libertinos que nas mesas da orgia batiam com a taça na taça dela. Bebia já como uma inglesa, fumava como uma sultana, montava a cavalo como um árabe e atirava as armas como um espanhol.

Quando o vapor dos licores me ardia a fronte, ela me repousava em seus joelhos, tomava um bandolim e me cantava as modas de sua terra...

Nossos dias eram lançados ao sono como pérolas ao amor: nossas noites sim eram belas!

....

....

Um dia ela partiu: partiu, mas deixou-me os lábios ainda queimados dos seus, e o coração cheio do germe de vícios que ela aí lançara. Partiu, mas sua lembrança ficou como o fantasma de um mau anjo perto de meu leito.

Quis esquecê-la no jogo, nas bebidas, na paixão dos duelos. Tornei-me um ladrão nas cartas, um homem perdido por mulheres e orgias, um espadachim terrível e sem coração.

....

....

Uma noite eu caíra ébrio às portas de um palácio: os cavalos de uma carruagem pisaram-me ao passar e partiram-me a cabeça de encontro à lájea. Acudiram-me desse palácio. Depois amaram-me: a família era um nobre velho viúvo e uma beleza peregrina de dezoito anos. Não era amor decerto o que eu sentia por ela... Não sei o que foi... Era uma fatalidade infernal. A pobre inocente amou-me; e eu, recebido como o hóspede de Deus sob o teto do velho fidalgo, desonrei-lhe a filha, roubei-a, fugi com ela... E o velho teve de chorar suas cãs manchadas na desonra de sua filha, sem poder vingar-se.

Depois enjoei-me dessa mulher. A saciedade é um tédio terrível. Uma noite, que eu jogava com Siegfried — o pirata, depois de perder as últimas joias dela, vendi-a.

A moça envenenou Siegfried logo na primeira noite, e afogou-se...

....

....

Eis aí quem eu sou: se quisesse contar-vos longas histórias do meu viver, vossas vigílias correriam breves demais...

Um dia — era na Itália —, saciado de vinho e mulheres, ia suicidar-me. A noite era escura e eu chegara só na praia. Subi um rochedo: daí minha última voz foi uma blasfêmia, meu último adeus uma maldição, *meu último*... digo mal, porque senti-me erguido nas águas pelos cabelos.

Então na vertigem do afogo o anelo da vida acordou-se em mim. A princípio tinha sido uma cegueira, uma nuvem ante meus olhos, como aos daquele que labuta nas trevas. A sede da vida veio ardente: apertei aquele que me socorria; fiz tanto, em uma palavra, que, sem querê-lo, matei-o. Cansado do esforço desmaiei...

Quando recobrei os sentidos estava num escaler de marinheiros que remavam mar em fora. Aí soube eu que meu salvador tinha morrido afogado por minha culpa. Era uma sina e negra; e por isso ri-me, ri-me, enquanto os filhos do mar choravam.

Chegamos a uma corveta que estava erguendo âncora.

O comandante era um belo homem. Pelas faces vermelhas caíam-lhe os crespos louros onde a velhice alvejava algumas cãs.

Ele perguntou-me:

— Quem és?

— Um desgraçado que não pode viver na terra, e não deixaram morrer no mar.

— Queres pois vir a bordo?

— A menos que não prefirais atirar-me ao mar.

— Não o faria: tens uma bela figura. Levar-te-ei comigo. Servirás...

— Servir!... — e ri-me: depois respondi-lhe frio: — Deixai que me atire ao mar...

— Não queres servir? Queres então viajar de braços cruzados?

— Não: quando for a hora da manobra dormirei, mas quando vier a hora do combate ninguém será mais valente do que eu...

— Muito bem: gosto de ti — disse o velho lobo do mar. — Agora que estamos conhecidos diz-me teu nome e tua história.

— Meu nome é Bertram. Minha história? Escutai: o passado é um túmulo! Perguntai ao sepulcro a história do cadáver! Ele guarda o segredo... dir-vos-á apenas que tem no seio um corpo que se corrompe! Lereis sobre a lousa um nome — e não mais!

O comandante franziu as sobrancelhas, e passou adiante para comandar a manobra.

O comandante trazia a bordo uma bela moça. Criatura pálida, parecera a um poeta o anjo da esperança adormecendo esquecido entre as ondas. Os marinheiros a respeitavam: quando pelas noites de lua ela repousava o braço na amurada e a face na mão, aqueles que passavam junto dela se descobriam respeitosos. Nunca ninguém lhe vira olhares de orgulho, nem lhe ouvira palavras de cólera: era uma santa.

Era a mulher do comandante.

Entre aquele homem brutal e valente, rei bravio no alto-mar, esposado, como os doges de Veneza ao Adriático, à sua garrida corveta — entre aquele homem pois e aquela madona havia um amor de homem como o palpita o peito que longas noites abriu-se às luas do oceano solitário, que adormeceu pensando nela ao frio das vagas e ao calor dos trópicos, que suspirou nas horas de quarto, alta noite na amurada do navio, lembrando-a nos nevoeiros da cerração, nas nuvens da tarde... Pobres doidos! Parece que esses homens amam muito! A bordo ouvi a muitos marinheiros seus amores singelos: eram moças louras da Bretanha e da Normandia, ou alguma espanhola de cabelos negros vista ao passar sentada na praia com sua cesta de flores, ou adormecidas entre os laranjais cheirosos, ou dançando o fandango lascivo nos bailes ao relento! Houve-as... junto a mim muitas faces ásperas e tostadas ao sol do mar que se banharam de lágrimas...

Voltemos à história. O comandante estremecia como um louco... um pouco menos que a sua honra, um pouco mais que sua corveta.

E ela!?... ela no meio de sua melancolia, de sua tristeza e sua palidez, ela sorria às vezes quando cismava sozinha, mas era um sorrir tão triste que doía. Coitada!

Um poeta a amaria de joelhos. Uma noite — decerto eu estava ébrio — fiz-lhe uns versos. Na lânguida poesia eu derramara uma essência preciosa e límpida que ainda não se poluíra no mundo...

Bofé que chorei quando fiz esses versos. Um dia, meses depois, li-os, ri-me deles e de mim, e atirei-os ao mar... Era a última folha da minha virgindade que lançava ao esquecimento...

Agora, enchei os copos: o que vou dizer-vos é negro, é uma lembrança horrível, como os pesadelos no oceano.

Com suas lágrimas, com seus sorrisos, com seus olhos úmidos, e os seios intumescidos de suspiros, aquela mulher me enlouquecia as noites. Era como uma vida nova que nascia cheia de desejos, quando eu cria que todos eles eram mortos como crianças afogadas em sangue ao nascer.

Amei-a; por que dizer-vos mais? Ela amou-me também. Uma vez a lua ia límpida e serena sobre as águas, as nuvens eram brancas como um véu recamado de pérolas da noite, o vento cantava nas cordas. Bebi-lhe na pureza desse luar, ao fresco dessa noite, mil beijos nas faces molhadas de lágrimas, como se bebe orvalho de um lírio cheio. Aquele seio palpitante, o contorno acetinado, apertei-os sobre mim...

O comandante dormia.

....

....

Uma vez ao madrugar, o gajeiro assinalou um navio. Meia hora depois desconfiou que era um pirata...

Chegávamos cada vez mais perto. Um tiro de pólvora seca de corveta reclamou a bandeira. Não responderam. Deu-se segundo: nada. Então um tiro de bala foi cair nas águas do barco desconhecido como uma luva de duelo. O barco que até então tinha seguido rumo oposto ao nosso, e vinha proa contra nossa proa, virou de bordo e apresentou-nos seu flanco enfumaçado; um relâmpago correu nas baterias do pirata: um estrondo seguiu-se... e uma nuvem de balas veio morrer perto da corveta.

Ela não dormia, virou de bordo: os navios ficaram lado a lado. À descarga do navio de guerra o pirata estremeceu como se quisesse ir a pique.

....

....

O pirata fugia; a corveta deu-lhe caça. As descargas trocaram-se então mais fortes de ambos os lados.

Enfim o pirata pareceu ceder. Atracaram-se os dois navios como para uma luta. A corveta vomitou sua gente a bordo do inimigo. O combate tornou-se sangrento — era um matadouro!... o chão do navio escorregava de tanto sangue, o mar ansiava cheio de escumas ao boiar de tantos cadáveres. Nesta ocasião sentiu-se uma fumaça que subia do porão. O pirata dera fogo às pólvoras... Apenas a corveta por uma manobra atrevida pôde afastar-se do perigo. Mas a explosão fez-lhe grandes estragos. Alguns minutos depois o barco do pirata voou pelos ares. Era uma cena pavorosa ver entre aquela fogueira de chamas, ao estrondo da pólvora, ao reverberar deslumbrador do fogo nas águas, os homens arrojados ao ar irem cair no oceano.

Uns a meio queimados se atiravam à água, outros com os membros esfolados e a pele a despegar-se-lhes do corpo nadavam ainda entre dores horríveis e morriam torcendo-se em maldições.

A uma légua da cena do combate havia uma praia bravia, cortada de rochedos... Aí se salvaram os piratas que puderam fugir.

E nesse tempo, enquanto o comandante se batia como um bravo, eu o desonrava como um covarde.

Não sei como se passou o tempo todo que decorreu depois. Foi uma visão de gozos malditos!... eram os amores de Satã e Eloá,[2] da morte e da vida, num leito do mar.

Quando acordei um dia desse sonho, o navio tinha encalhado num banco de areia: o ranger da quilha a morder na areia gelou a todos... Meu despertar foi a um grito de agonia...

— Olá, mulher, taverneira maldita, não vês que o vinho acabou-se?

Depois foi um quadro horrível! Éramos nós numa jangada no meio do mar. Vós que lestes o *Don Juan*, que fizestes talvez daquele veneno a vossa Bíblia, que dormistes as noites da saciedade, como eu, com a face sobre ele, e com os olhos ainda fitos nele vistes tanta vez amanhecer, sabeis quanto se côa de horror aqueles homens atirados ao mar, num mar sem horizonte, ao balouço das águas, que parecem sufocar seu escárnio na mudez fria de uma fatalidade!

Uma noite, a tempestade veio... apenas houve tempo de amarrar nossas munições... Fora mister ver o oceano bramindo no escuro, como um bando de leões com fome, para saber o que é a borrasca!... Fora mister vê-la de uma jangada à luz da tempestade, às blasfêmias dos que não creem e maldizem, às lágrimas dos que esperam e desesperam, aos soluços dos que tremem e tiritam de susto como aquele que bate à porta do nada... E eu, eu ria: era como o gênio do ceticismo naquele deserto. Cada vaga que varria nossas tábuas descosidas arrastava um homem, mas cada vaga que me rugia aos pés parecia respeitar-me. Era um oceano como aquele de fogo, onde caíram os anjos perdidos de Milton,[3] o cego, quando eles passavam cortando-as a nado, as águas do pântano de lava se apertavam: a morte era para os filhos de Deus, não para o bastardo do mal!

Toda aquela noite, passei-a com a mulher do comandante nos braços. Era um himeneu terrível aquele que se consumava entre um descrido e uma mulher pálida que enlouquecia. O tálamo era o oceano, a escuma das vagas era a seda que nos alcatifava o leito. Em meio daquele concerto de uivos que nos ia ao pé, os gemidos nos sufocavam e nós rolávamos abraçados, atados a um cabo da jangada, por sobre as tábuas...

---

[2] Satã e Eloá são personagens de *Éloa ou la soeur des anges*, poema de Alfred de Vigny. (N. do E.)

[3] John Milton (1608-1674), escritor inglês, um dos maiores representantes do Classicismo inglês, autor de *O paraíso perdido*. (N. do E.)

Quando a aurora veio, restávamos cinco: eu, a mulher do comandante, ele e dois marinheiros...

Alguns dias comemos umas bolachas repassadas da salsugem da água do mar. Depois tudo o que houve de mais horrível se passou...

— Por que empalideces, Solfieri? A vida é assim. Tu o sabes como eu o sei. O que é o homem? É a escuma que ferve hoje na torrente e amanhã desmaia, alguma coisa de louco e movediço como a vaga, de fatal como o sepulcro! O que é a existência? Na mocidade o é caleidoscópio das ilusões, vive-se então da seiva do futuro. Depois envelhecemos: quando chegamos aos trinta anos e o suor das agonias nos grisalhou os cabelos antes do tempo e murcharam, como nossas faces, as nossas esperanças, oscilamos entre o passado visionário e este amanhã do velho, gelado e ermo depois como um cadáver que se banha antes de dar à sepultura! Miséria! Loucura!

— Muito bem! Miséria e loucura! — interrompeu uma voz.

O homem que falara era um velho. A fronte se lhe descalvara, e longas e fundas rugas a sulcavam: eram as ondas que o vento da velhice lhe cavara no mar da vida... Sob espessas sobrancelhas grisalhas lampejavam-lhe olhos pardos e um espesso bigode lhe cobria parte dos lábios. Trazia um gibão negro e roto, e um manto desbotado, da mesma cor, lhe caía dos ombros.

— Quem és, velho? — perguntou o narrador.

— Passava lá fora, a chuva caía a cântaros, a tempestade era medonha, entrei. Boa noite, senhores! Se houver mais uma taça na vossa mesa, encheia até as bordas e beberei convosco.

— Quem és?

— Quem eu sou? Na verdade fora difícil dizê-lo: corri meio mundo, a cada instante mudando de nome e de vida. Fui poeta e como poeta cantei. Fui soldado e banhei minha fronte juvenil nos últimos raios de sol da água de Waterloo. Apertei ao fogo da batalha a mão do homem do século.[4] Bebi numa taverna com Bocage — o português, ajoelhei-me na Itália sobre o túmulo de Dante e fui à Grécia para sonhar como Byron naquele túmulo das glórias do passado. Quem eu sou? Fui um poeta aos vinte anos, um libertino aos trinta, sou um vagabundo sem pátria e sem crenças aos quarenta. Sentei-me à sombra de todos os sóis, beijei lábios de mulheres de todos os países;

---

[4] Homem do século: epíteto de Napoleão nos círculos do Romantismo brasileiro da época. (N. do E.)

e de todo esse peregrinar, só trouxe duas lembranças — um amor de mulher que morreu nos meus braços na primeira noite de embriaguez e de febre — e uma agonia de poeta... Dela tenho uma rosa murcha e a fita que prendia seus cabelos. Dele olhai...

O velho tirou de um bolso um embrulho: era um lenço vermelho o invólucro. Desataram-no: dentro estava uma caveira.

— Uma caveira! — gritaram em torno. — És um profanador de sepulturas?

— Olha, moço, se entendes a ciência de Gall e Spurzheim,[5] diz-me pela protuberância dessa fronte e pelas bossas dessa cabeça quem podia ser esse homem?

— Talvez um poeta... talvez um louco.

— Muito bem! Adivinhaste. Só erraste não dizendo que talvez ambas as coisas a um tempo. Sêneca o disse: a poesia é a insânia. Talvez o gênio seja uma alucinação, e o entusiasmo precise da embriaguez para escrever o hino sanguinário e fervoroso de Rouget de Lisle,[6] ou para, na criação do painel medonho do Cristo morto de Holbein,[7] estudar a corrupção no cadáver. Na vida misteriosa de Dante, nas orgias de Marlowe, no peregrinar de Byron havia uma sombra da doença de Hamlet: quem sabe?

— Mas a que vem tudo isso?

— Não bradastes — miséria e loucura! — vós, almas onde talvez borbulhava o sopro de Deus, cérebros que a luz divina do gênio esclarecia, e que o vinho enchia de vapores, e a saciedade d'escárnios? Enchei as taças até a borda! Enchei-as e bebei; bebei à lembrança do cérebro que ardeu nesse crânio, da alma que aí habitou, do poeta — louco — Werner! e eu bradarei ainda uma vez: — miséria e loucura!

O velho esvaziou o copo, embuçou-se e saiu. Bertram continuou a sua história.

— Eu vos dizia que ia passar-se uma coisa horrível: não havia

---

[5] Franz Joseph Gall (1758-1828) foi um médico alemão, que desenvolveu a frenologia. Gaspard Spurzheim (1776-1832), outro médico alemão, foi amigo de Gall e adepto de sua teoria. (N. do E.)

[6] Claude Joseph Rouget de Lisle (1760-1836) é o compositor da música (e da letra) *Chant de guerre pour l'armée du Rhin*, que se tornou o hino nacional da França — *A Marselhesa*. (N. do E.)

[7] Hans Holbein, o Jovem (1497-1498), foi um pintor alemão, representante do Renascimento. (N. do E.)

mais alimentos, e no homem despertava a voz do instinto, das entradas que tinham fome, que pediam seu cevo como o cão do matadouro, fosse embora sangue.

A fome! A sede!... tudo quanto há de mais horrível!...

Na verdade, senhores, o homem é uma criatura perfeita? Estatuário sublime, Deus esgotou no talhar desse mármore todo o seu esmero. Prometeu divino, encheu-lhe o crânio protuberante da luz do gênio. Ergueu-o pela mão, mostrou-lhe o mundo do alto da montanha, como Satã quarenta séculos depois o fez a Cristo, e disse-lhe: Vê, tudo isso é belo, vales e montes, águas do mar que espumam, folhas das florestas que tremem e sussurram como as asas dos meus anjos, tudo isso é teu. Fiz-te o mundo belo no véu purpúreo do crepúsculo, dourei-te aos raios de minha face. Ei-lo, rei da terra! Banha a fronte olímpica nessas brisas, nesse orvalho, na escuna dessas cataratas. Sonha como a noite, canta como os anjos, dorme entre as flores! Olha! Entre as folhas floridas do vale dorme uma criatura branca como o véu das minhas virgens, loura como o reflexo das minhas nuvens, harmoniosa como as aragens do céu nos arvoredos da terra. É tua: acorda-a, ama-a e ela te amará; no seio dela, nas ondas daquele cabelo afoga-te como o sol entre vapores. Rei no peito dela; rei na terra, vive de amor e crença, de poesia e de beleza, levanta-te, vai e serás feliz!

Tudo isso é belo, sim!... Mas é a ironia mais amarga, a decepção mais árida de todas as ironias e de todas as decepções. Tudo isso se apaga diante de dois fatos muito prosaicos: a fome e a sede.

O gênio, a águia altiva que se perde nas nuvens, que se aquenta no eflúvio da luz mais ardente do sol — cair assim com as asas torpes e verminosas no lodo das charnecas? Poeta, porque no meio do arroubo mais sublime do espírito, uma voz sarcástica e mefistofélica te brada: — Meu Fausto, ilusões... a realidade é a matéria!? Deus escreveu Ανάγκη[8] na fronte de sua criatura! Don Juan! Por que choras a esse beijo morno de Haideia[9] que desmaia-te nos braços?! A prostituta vender-tos-á amanhã mais queimadores! Miséria! E dizer que tudo o que há de mais divino no homem, de mais santo e perfumado na alma se infunde no lodo da realidade, se revolve no charco e acha ainda uma convulsão infame para dizer: — sou feliz!...

---

[8] Em grego, "destino". (N. do E.)

[9] Haideia é uma personagem de *Don Juan*, romance de Byron. (N. do E.)

Isso tudo, senhores, para dizer-vos uma coisa muito simples... um fato velho e batido, uma prática do mar, uma lei do naufrágio: — a antropofagia.

Dois dias depois de acabados os alimentos restavam três pessoas: eu, o comandante e ela. Eram três figuras macilentas como o cadáver, cujos olhares fundos e sombrios se injetavam de sangue como a loucura.

O uso do mar — não quero dizer a voz da natureza física, o brado do egoísmo do homem — manda a morte de um para a vida de todos. Tiramos a sorte... o comandante teve por lei morrer.

Então o instinto de vida se lhe despertou ainda. Por um dia mais de existência, mais um dia de fome e sede, de leito úmido e varrido pelos ventos frios do norte, mais umas horas mortas de blasfêmia e de agonia, de esperança e desespero, de orações e descrença, de febre e de ânsia, o homem ajoelhou-se, chorou, gemeu a meus pés...

— Olhai — dizia o miserável — esperemos até amanhã... Deus terá compaixão de nós... Por vossa mãe, pelas entranhas de vossa mãe! Por Deus se ele existe! Deixai, deixai-me ainda viver!

Oh! a esperança é pois como uma parasita que morde e despedaça o tronco, mas quando ele cai, quando morre e apodrece, ainda o aperta em seus convulsos braços! Esperar! Quando o vento do mar açoita as ondas, quando a escuma do oceano vos lava o corpo lívido e nu, quando o horizonte é deserto e sem termo, e as velas que branqueiam ao longe parecem fugir! Pobre louco!

Eu ri-me do velho. Tinha as entranhas em fogo. Morrer hoje, amanhã, ou depois... tudo me era indiferente, mas hoje eu tinha fome, e ri-me porque tinha fome.

O velho lembrou-me que me acolhera a seu bordo, por piedade de mim, lembrou-me que me amava... e uma torrente de soluços e lágrimas afogava o bravo que nunca empalidecera diante da morte.

Parece que a morte no oceano é terrível para os outros homens: quando o sangue lhes salpica as faces, lhes ensopa as mãos, correm à morte como um rio ao mar, como a cascavel ao fogo. Mas assim no deserto das águas, eles temem-na, tremem diante dessa caveira fria da morte!

Eu ri-me porque tinha fome.

Então o homem ergueu-se. A fúria se levantou nele com a última agonia. Cambaleava, e um suor frio lhe corria no peito descarnado. Apertou-me nos seus braços amarelentos, e lutamos ambos corpo a corpo, peito a peito, pé por pé... por um dia de miséria!

A lua amarelada erguia sua face desbotada, como uma meretriz cansada de uma noite de devassidão, do céu escuro parecia zombar desses dois moribundos que lutavam por uma hora de agonia...

O valente do combate desfalecia... caiu: pus-lhe o pé na garganta, sufoquei-o e expirou...

Não cubrais o rosto com as mãos, faríeis o mesmo. Aquele cadáver foi nosso alimento dois dias.

Depois, as aves do mar já baixavam para partilhar minha presa; e às minhas noites fastientas uma sombra vinha reclamar sua ração de carne humana...

Lancei os restos ao mar...

Eu e a mulher do comandante passamos um dia, dois, sem comer nem beber...

Então ela propôs-me morrer comigo. Eu disse-lhe que sim. Esse dia foi a última agonia do amor que nos queimava: gastamo-lo em convulsões para sentir ainda o mel fresco da voluptuosidade banhar-nos os lábios... Era o gozo febril que podem ter duas criaturas em delírio de morte. Quando soltei-me dos braços dela a fraqueza a fazia desvairar. O delírio tornava-se mais longo, mais longo, debruçava-se nas ondas e bebia a água salgada e oferecia-ma nas mãos pálidas dizendo que era vinho. As gargalhadas frias vinham mais de entuviada...

Estava louca.

Não dormi, não podia dormir: uma modorra ardente me fervia as pálpebras, o hálito de meu peito parecia fogo, meus lábios secos e estalados apenas se orvalhavam de sangue.

Tinha febre no cérebro... e meu estômago tinha fome. Tinha fome como a fera.

Apertei-a nos meus braços, oprimi-lhe nos beiços a minha boca em fogo, apertei-a convulsivo, sufoquei-a. Ela era ainda tão bela!

Não sei que delírio estranho se apoderou de mim. Uma vertigem me rodeava. O mar parecia rir de mim e rodava em torno, escumante e esverdeado, como um sorvedouro. As nuvens pairavam correndo e pareciam filtrar sangue negro. O vento que me passava nos cabelos murmurava uma lembrança...

De repente senti-me só. Uma onda me arrebatara o cadáver. Eu o vi boiar pálido como suas roupas brancas, seminu, com os cabelos banhados de água; eu vi-o erguer-se na escuma das vagas, desaparecer e boiar de novo; depois não o distingui mais: era como a escuma das vagas, como um lençol lançado nas águas...

Quantas horas, quantos dias passei naquela modorra, nem o

sei... Quando acordei desse pesadelo de homem desperto, estava a bordo de um navio.

Era o brigue inglês *Swallow*, que me salvara...

Olá, taverneira, bastarda de Satã! Não vês que tenho sede e as garrafas estão secas, secas como tua face e como nossas gargantas?!

❖

CAPÍTULO IV

Gennaro

Meurs ou tue...[1]

CORNEILLE

— Gennaro, dormes, ou embebes-te no sabor do último trago do vinho, da última fumaça do teu cachimbo?

— Não. Quando contavas tua história, lembrava-me uma folha da vida, folha seca e avermelhada como as do outono e que o vento varreu.

— Uma história?

— Sim: é uma das minhas histórias. Sabes, Bertram, eu sou pintor... É uma lembrança triste essa que vou revelar, porque é a história de um velho e de duas mulheres, belas como duas visões de luz.

Godofredo Walsh era um desses velhos sublimes, em cujas cabeças as cãs semelham o diadema prateado do gênio. Velho já, casara em segundas núpcias com uma beleza de vinte anos. Godofredo era pintor: diziam uns que esse casamento fora um amor artístico por aquela beleza romana, como que feita ao molde das belezas antigas; outros criam-no compaixão pela pobre moça que vivia de servir de modelo. O fato é que ele a queria como filha, como Laura, a filha

[1] "Morra ou mate!" (N. do E.)

única de seu primeiro casamento, Laura!... Corada como uma rosa e loura como um anjo.

Eu era nesse tempo moço: era aprendiz de pintura em casa de Godofredo. Eu era lindo então; que trinta anos lá vão, que ainda os cabelos e as faces me não haviam desbotado como nesses longos quarenta e dois anos de vida! Eu era aquele tipo de mancebo ainda puro do ressumbrar infantil, pensativo e melancólico como o Rafael se retratou no quadro da galeria Barberini. Eu tinha quase a idade da mulher do mestre. Nauza tinha vinte e eu tinha dezoito anos.

Amei-a; mas meu amor era puro como meus sonhos de dezoito anos. Nauza também me amava. Era um sentir tão puro! Era uma emoção solitária e perfumosa como as primaveras cheias de flores e de brisas que nos embalavam aos céus da Itália.

Como eu o disse: o mestre tinha uma filha chamada Laura. Era uma moça pálida, de cabelos castanhos e olhos azulados; sua tez era branca, só às vezes, quando o pejo a incendia, duas rosas lhe avermelhavam a face e se lhe destacavam no fundo de mármore. Laura parecia querer-me como a um irmão. Seus risos, seus beijos de criança de quinze anos eram só para mim. A noite, quando eu ia deitar-me, ao passar pelo corredor escuro com minha lâmpada, uma sombra me apagava a luz e um beijo me pousava nas faces, nas trevas.

Muitas noites foi assim.

Uma manhã — eu dormia ainda — o mestre saíra e Nauza fora à igreja, quando Laura entrou no meu quarto e fechou a porta: deitou-se ao meu lado. Acordei nos braços dela.

O fogo de meus dezoito anos, a primavera virginal de uma beleza, ainda inocente, o seio seminu de uma donzela a bater sobre o meu, isso tudo... ao despertar dos sonhos alvos da madrugada, me enlouqueceu...

Todas as manhãs Laura vinha a meu quarto...

Três meses passaram assim. Um dia entrou ela no meu quarto e disse-me:

— Gennaro, estou desonrada para sempre... A princípio eu quis-me iludir, já não o posso, estou de esperanças...

Um raio que me caísse aos pés não me assustaria tanto.

— É preciso que cases comigo, que me peças a meu pai, ouves, Gennaro?

Eu calei-me.

— Não me amas então?

Calei-me ainda.

— Oh! Gennaro! Gennaro!

E caiu no meu ombro. desfeita em soluços. Carreguei-a assim fria e fora de si para seu quarto.

Nunca mais tornou a falar-me em casamento.

Que havia de eu fazer? Contar tudo ao pai, e pedi-la em casamento? Fora uma loucura... Ele me mataria e a ela: ou pelo menos me expulsaria de sua casa... E Nauza? Cada vez eu a amava mais. Era uma luta terrível essa que se travava entre o dever e o amor, e entre o dever e o remorso.

Laura não me falara mais. Seu sorriso era frio: cada dia tornava-se mais pálida, mas a gravidez não crescia, antes mais nenhum sinal se lhe notava...

O velho levava as noites passeando no escuro. Já não pintava. Vendo a filha que morria aos sons secretos de uma harmonia de morte, que empalidecia cada vez mais, o misérrimo arrancava as cãs.

Eu contudo não esquecera Nauza, nem ela se esquecia de mim. Meu amor era sempre o mesmo: eram sempre noites de esperança e de sede que me banhavam de lágrimas o travesseiro. Só às vezes sombra de um remorso me passava; mas a imagem dela dissipava todas essas névoas...

Uma noite... foi horrível... vieram chamar-me: Laura morria. Na febre murmurava meu nome e palavras que ninguém podia reter, tão apressadas e confusas lhe soavam. Entrei no quarto dela: a doente conheceu-me. Ergueu-se branca, com a face úmida de um suor copioso, chamou-me. Sentei-me junto do leito dela. Apertou minha mão nas suas mãos frias e murmurou em meus ouvidos:

— Gennaro, eu te perdoo, eu te perdoo tudo... Eras um infame... Morrerei... Fui louca... Morrerei... por tua causa... teu filho... o meu... vou vê-lo ainda... mas no céu... meu filho que matei... antes de nascer...

Deu um grito, estendeu convulsivamente os braços como para repelir uma ideia, passou a mão pelos lábios como para enxugar as últimas gotas de uma bebida, estorceu-se no leito, lívida, fria, banhada de suor gelado e arquejou... Era o último suspiro.

Um ano todo se passou assim para mim. O velho parecia endoidecido. Todas as noites fechava-se no quarto onde morrera Laura: levava aí a noite toda em solidão. Dormia? Ah que não! Longas horas eu o escutei no silêncio arfar com ânsia, outras vezes afogar-se em soluços. Depois tudo emudecia: o silêncio durava horas; o quarto era escuro, e depois as passadas pesadas do mestre se ouviam pelo quarto, mas vacilantes como de um bêbado que cambaleia.

Uma noite eu disse a Nauza que a amava: ajoelhei-me junto dela, beijei-lhe as mãos, reguei seu colo de lágrimas. Ela voltou a face: eu cri que era desdém, ergui-me.

— Então, Nauza, tu não me amas — disse eu.

Ela permanecia com o rosto voltado.

— Adeus pois; perdoai-me se vos ofendi; meu amor é uma loucura, minha vida é uma desesperança — o que me resta? Adeus, irei longe, longe daqui... talvez então eu possa chorar sem remorso...

Tomei-lhe a mão e beijei-a.

Ela deixou sua mão nos meus lábios.

Quando ergui a cabeça, eu a vi: ela estava debulhada em lágrimas.

— Nauza! Nauza! Uma palavra. Tu me amas?

....
....

Tudo o mais foi um sonho: a lua passava entre os vidros da janela aberta, batia nela; nunca eu a vira tão pura e divina!

....
....

E as noites que o mestre passava soluçando no leito vazio de sua filha, eu as passava no leito dele, nos braços de Nauza.

Uma noite houve um fato pasmoso.

O mestre veio ao leito de Nauza. Gemia e chorava aquela voz cavernosa e rouca: tomou-me pelo braço com força, acordou-me e levou-me de rasto ao quarto de Laura...

Atirou-me ao chão: fechou a porta. Uma lâmpada estava acesa no quarto defronte de um painel. Ergueu o lençol que o cobria. Era Laura moribunda! E eu macilento, como ela, tremia como um condenado. A moça com seus lábios pálidos murmurava no meu ouvido...

Eu tremi de ver meu semblante tão lívido na tela e lembrei-me que naquele dia ao sair do quarto da morta, no espelho dela que estava ainda pendurado à janela, eu me horrorizara de ver-me cadavérico...

Um tremor, um calafrio se apoderou de mim. Ajoelhei-me e chorei lágrimas ardentes. Confessei tudo: parecia-me que era ela quem o mandava, que era Laura que se erguia dentre os lençóis do seu leito e me acendia o remorso, e no remorso me rasgava o peito.

Por Deus! que foi uma agonia!

No outro dia o mestre conversou comigo friamente. Lamentou a falta de sua filha, mas sem uma lágrima. Mas sobre o passado da noite, nem palavra.

Todas as noites era a mesma tortura, todos os dias a mesma frieza.

O mestre era sonâmbulo...

E pois eu não me cri perdido...

Contudo, lembrei-me que uma noite, quando eu saía do quarto de Laura com o mestre, no escuro vira uma roupa branca passar-me por perto, roçaram-me uns cabelos soltos e nas lájeas do corredor estalavam umas passadas tímidas de pés nus... Era Nauza que tudo vira e tudo ouvira, que acordara e sentira minha falta no leito, que ouvira esses soluços e gemidos e correra para ver..............................

....

....

Uma noite, depois da ceia, o mestre Walsh tomou sua capa e uma lanterna, e chamou-me para acompanhá-lo. Tinha de sair fora da cidade e não queria ir só. Saímos juntos: a noite era escura e fria. O outono desfolhara as árvores e os primeiros sopros do inverno rugiam nas folhas secas do chão. Caminhamos juntos muito tempo: cada vez mais nos entranhávamos pelas montanhas, cada vez o caminho era mais solitário. O velho parou. Era na fralda de uma montanha. A direita o rochedo se abriu num trilho; à esquerda as pedras soltas por nossos pés a cada passada se despegavam e rolavam pelo despenhadeiro e, instantes depois, se ouvia um som como de água onde cai um peso...

A noite era escuríssima. Apenas a lanterna alumiava o caminho tortuoso que seguíamos. O velho lançou os olhos à escuridão do abismo e riu-se.

— Espera-me aí — disse ele —, já venho.

Godofredo tomou a lanterna e seguiu para o cume da montanha: eu sentei-me no caminho à sua espera. Vi aquela luz ora perder-se, ora reaparecer entre os arvoredos nos ziguezagues do caminho. Por fim vi-a parar. O velho bateu à porta de uma cabana: a porta abriu-se. Entrou. O que aí se passou nem o sei: quando a porta abriu-se de novo uma mulher lívida e desgrenhada apareceu com um facho na mão.

A porta fechou-se. Alguns minutos depois o mestre estava comigo.

O velho assentou a lanterna num rochedo, despiu a capa e disse-me:

— Gennaro, quero contar-te uma história. É um crime, quero que sejas juiz dele. Um velho era casado com uma moça bela. De outras núpcias tinha uma filha bela também. Um aprendiz — um miserável que ele erguera da poeira, como o vento às vezes ergue uma folha, mas que ele podia reduzir a ela quando quisesse...

Eu estremeci, os olhares do velho pareciam ferir-me.

— Nunca ouviste essa história, meu bom Gennaro?

— Nunca — disse eu a custo e tremendo.

— Pois bem, esse infame desonrou o pobre velho, traiu-o como Judas ao Cristo.

— Mestre, perdão!

— Perdão! E perdoou o malvado ao pobre coração do velho?

— Piedade!

— E teve ele dó da virgem, da desonrada, da infanticida?

— Ah! — gritei.

— Que tens? Conheces o criminoso? A voz de escárnio dele me abafava.

— Vês pois, Gennaro — disse ele mudando de tom —, se houvesse um castigo pior que a morte, eu to daria. Olha esse despenhadeiro! É medonho! Se o visse de dia, teus olhos se escureceriam e aí rolarias talvez de vertigem! É um túmulo seguro; e guardará o segredo, como um peito o punhal. Só os corvos irão lá ver-te, só os corvos e os vermes. E pois, se tens ainda no coração maldito um remorso, reza tua última oração, mas que seja breve. O algoz espera a vítima, a hiena tem fome de cadáver...

Eu estava ali pendente junto à morte. Tinha só a escolher o suicídio ou ser assassinado. Matar o velho era impossível. Uma luta entre mim e ele fora insana. Ele era robusto, a sua estatura alta, seus braços musculosos me quebrariam como o vendaval rebenta um ramo seco. Demais, ele estava armado. Eu... eu era uma criança débil: ao meu primeiro passo ele me arrojaria da pedra em cujas bordas eu estava... só me restaria morrer com ele, arrastá-lo na minha queda. Mas para quê?

Eu curvei-me no abismo: tudo era negro, o vento lá gemia embaixo nos ramos desnudos, nas urzes, nos espinhais ressequidos, e a torrente lá chocalhava no fundo escumando nas pedras.

Eu tive medo.

Orações, ameaças, tudo seria debalde.

— Estou pronto — disse.

O velho riu-se: infernal era aquele rir dos seus lábios estalados de febre. Só vi aquele riso... Depois foi uma vertigem... o ar que sufocava, um peso que me arrastava, como naqueles pesadelos em que se cai de uma torre e se fica preso ainda pela mão, mas a mão cansa, fraqueia, sua, esfria... Era horrível: ramo a ramo, folha por folha, os arbustos me estalavam nas mãos, as raízes secas que saíam pelo despenhadeiro estalavam sobre meu peso e meu peito sangrava nos espinhais. A queda era muito rápida... de repente não senti mais nada... Quando acordei estava junto a uma cabana de camponeses que me tinham apanhado junto da torrente, preso nos ramos de uma azinheira gigantesca que assombrava o rio.

Era depois de um dia e uma noite de delírios que eu acordara. Logo que sarei, uma ideia me veio: ir ter com o mestre. Ao ver-me salvo assim daquela morte horrível, pode ser que se apiedasse de mim, que me perdoasse, então eu seria seu escravo, seu cão, tudo o que houvesse mais abjeto num homem que se humilha — tudo! — contanto que ele me perdoasse. Viver com aquele remorso me parecia impossível. Parti pois: no caminho topei um punhal. Ergui-o: era o do mestre. Veio-me então uma ideia de vingança e de soberba. Ele quisera matar-me, ele tinha rido à minha agonia, e eu havia de ir chorar-lhe ainda aos pés para ele repelir-me ainda, cuspir-me nas faces e amanhã procurar outra vingança mais segura? Eu humilhar-me quando ele me tinha abatido! Os cabelos me arrepiaram na cabeça, e suor frio me rolava pelo rosto.

Quando cheguei à casa do mestre, achei-a fechada. Bati... não abriram. O jardim da casa dava para a rua: saltei o muro. Tudo estava deserto e as portas que davam para ele estavam também fechadas. Uma delas era fraca. Com pouco esforço arrombei-a. Ao estrondo da porta que caiu só o eco respondeu nas salas. Todas as janelas estavam fechadas, nem uma lamparina acesa. Caminhei tateando até a sala do pintor. Cheguei lá, abri as janelas, e a luz do dia derramou-se na sala deserta. Cheguei então ao quarto de Nauza, abri a porta e um bafo pestilento corria daí. O raio da luz bateu em uma mesa. Junto estava uma forma de mulher com a face na mesa e os cabelos caídos; atirado numa poltrona um vulto coberto com um capote. Entre eles um copo onde se depositara um resíduo polvilhento. Ao pé estava um frasco vazio. Depois eu o soube — a velha da cabana era uma mulher que vendia veneno e fora ela decerto que o vendera, porque o pó branco do copo parecia sê-lo...

Ergui os cabelos da mulher, levantei-lhe a cabeça... Era Nauza, mas Nauza cadáver, já desbotada pela podridão. Não era aquela estátua alvíssima de outrora, as faces macias e o colo de neve... era um corpo amarelo... Levantei uma ponta da capa do outro: o corpo caído de bruços com a cabeça para baixo; ressoou no pavimento o estalo do crânio... Era o velho!... Morto também, roxo e apodrecido!... Eu o vi: da boca lhe corria uma escuma esverdeada.

....

....

....

....

CAPÍTULO V

Claudius Hermann

... Ecstasy!
My pulse as yours doth temperately keep time
And makes as healthful music: It is not madness
That I have utter'd.[1]

SHAKESPEARE, *Hamlet*

— E tu, Hermann! Chegou a tua vez. Um por um evocamos ao cemitério do passado um cadáver. Um por um erguemo-lhe o sudário para mostrar-lhe uma nódoa de sangue. Fala que chegou tua vez.

— Claudius sonha algum soneto ao jeito do Petrarca,[2] alguma auréola de pureza como a dos espíritos puros da *Messíada!*[3] — disse entre uma fumaça e uma gargalhada Johann erguendo a cabeça da mesa.

— Pois bem! Quereis uma história? Eu pudera contá-las, como vós, loucuras de noites de orgia; mas para quê? Fora escárnio Fausto ir lembrar a Mefistófeles as horas de perdição que lidou com ele. Sabei-las... essas minhas nuvens do passado, lestes-lo à farta no livro desbotado de minha existência libertina. Se o não lembrásseis, a primeira mulher das ruas pudera contá-lo. Nessa torrente negra que se

[1] "Delírio! / Meu pulso, como o seu, bate com calma / E faz música saudável. Não é loucura / O que eu disse."

[2] Francesco Petrarca (1304-1374), poeta e humanista italiano. (N. do E.)

[3] Obra do poeta alemão Friedrich Klopstock (1724-1803). (N. do E.)

chama a vida, e que corre para o passado enquanto nós caminhamos para o futuro, também desfolhei muitas crenças e me lancei, despidas as minhas roupas mais perfumadas, para trajar a túnica da saturnal! O passado é o que foi, é a flor que murchou, o sol que se apagou, o cadáver que apodreceu. Lágrimas a ele? Fora loucura! Que durma com suas lembranças negras! Revivam, acordem apenas os miosótis abertos naquele pântano! Sobreague naquele não-ser o eflúvio de alguma lembrança pura!

— Bravo! Bravíssimo! Claudius, estás completamente bêbado! Bofé que estás romântico!

— Silêncio, Bertram! Certo que esta não é uma lenda para inscrever-se após das vossas, uma dessas coisas que se contam com os cotovelos na toalha vermelha e os lábios borrifados de vinho e saciados de beijos... Mas que importa? Vós todos que amais o jogo, que vistes um dia correr naquele abismo uma onda de ouro, redemoinhar-lhe no fundo, como um mar de esperanças que se embate na ressaca do acaso, sabeis melhor que vertigem nos tonteia então... ideais-la melhor a loucura que nos delira naqueles jogos de milhares de homens, ou de fortuna. Aspirações à vida mesma vão-se na rapidez de uma corrida, onde todo esse complexo de misérias e desejos, de crimes e virtudes que se chama a existência, se joga numa parelha de cavalos!

Apostei como homem a quem não doera empobrecer: o luxo também sacia; e é essa uma saciedade terrível! Para ela nada basta... nem as danças do Oriente, nem as lupercais romanas, nem os incêndios de uma cidade inteira lhe alimentarão a seiva de morte, essa vitalidade do veneno de que fala Byron. Meu lance no *turf*[4] foi minha fortuna inteira. Eu era rico então; em Londres ninguém ostentava mais dispendiosas devassidões, nenhum nababo numa noite desperdiçava somas como eu. O suor de três gerações, derramava-o eu no leito das perdidas, e no chão das minhas orgias...

No instante em que as corridas iam começar, em que todos sentiam-se febris de impaciência, um murmúrio correu pelas multidões, um sorriso... e depois eram as frontes que se expandiam, e depois uma mulher passou a cavalo.

Vísseis-la, como eu, no cavalo negro, com as roupas de veludo, as faces vivas, o olhar ardente entre o desdém dos cílios, transluzindo a rainha em todo aquele ademã soberbo!... Vísseis-la bela na sua

---

[4] Em inglês, turfe. (N. do E.)

beleza plástica e harmônica, linda nas suas cores puras e acetinadas, nos cabelos negros e a tez branca da fronte, o oval das faces coradas, o fogo de nácar dos lábios finos, o esmero do colo ressaltando nas roupas de amazona!... Vísseis-la assim, é à fé, senhores, que não havíeis rir de escárnio como rides agora!

— Romantismo! Deves estar muito ébrio, Claudius, para que nos teus lábios secos de Lovelace[5] e na tua insensibilidade de D. Juan venha a poesia ainda passar-te um beijo!

— Ride, sim! misérrimos! Que não compreendeis o que porventura vai de incêndio por aqueles lábios de Lovelace, e como arqueja o amor sob as roupas gotejantes de chuva de D. Juan, o libertino! Insanos, que nunca sonhaste Lovelace sem sua máscara, talvez chorando Clarisse Harlowe, pobre anjo! cujas asas brancas ela ia desbotar, maldizendo essa fatalidade que faz do amor uma infâmia e um crime! Mil vezes insanos!... Que nunca sonhastes o espanhol acordando no lupanar, passando a mão pela fronte e rugido de remorso e saudade ao lembrar tantas visões alvas do passado!

— Bravo! Bravo!

— Poesia! Poesia! — murmurou Bertram.

— Poesia! Por que pronunciai-lho à virgem casta o nome santo, como um mistério, no lodo escuro da taverna? Por que lembrá-la a estrela do amor à luz do lampião da crápula? Poesia! Sabeis o que é a poesia?

— Meio cento de palavras sonoras e vãs que um pugilo de homens pálidos entende, uma escada de sons e harmonias que àquelas almas loucas parecem ideias e lhes desapertam ilusões como a lua as sombras... Isso no que se chama os poetas. Agora, no ideal, na mulher, ressaibo do último romance, o delírio e a paixão da última heroína de novela e o presente incerto e vago de um gozo místico, pelo qual a virgem se morre de volúpia, sem sabê-lo por quê...

— Silêncio, Bertram! Teu cérebro queimaram-to os vinhos, como a lava de um vulcão as relvas e flores da campina. Silêncio! És como essas plantas que nascem e mergulham-se no mar morto: cobre-as uma cristalização calcária, enfezam-se e mirram. A poesia, eu to direi também por minha vez, é o voo das aves da manhã no banho morno

---

[5] Personagem do romance *Clarisse*, obra de Samuel Richardson (1689--1761), escritor inglês. (N. do E.)

das nuvens vermelhas da madrugada, é o cervo que se rola no orvalho da montanha relvosa que se esquece da morte de amanhã, da agonia de ontem, em seu leito de flores!

— Basta, Claudius, que isso que aí dizes ninguém o entende: são palavras, palavras e palavras, como o disse o Hamlet; e tudo isso é inanido e vazio como uma caveira seca, mentiroso como os vapores infectos da terra que o sol no crepúsculo iria de mil cores e que se chamam as nuvens, ou essa fada zombadora e nevoenta que se chama a poesia.

— A história! a história! Claudius, não vês que essa discussão nos faz bocejar de tédio?

— Pois bem, contarei o resto da história. No fim desse dia eu tinha dobrado minha fortuna.

No dia seguinte eu a vi: era no teatro. Não sei o que representaram, não sei o que ouvi, nem o que vi; sei só que lá estava uma mulher, bela como tudo quanto passa mais puro à concepção do estatuário. Essa mulher era a duquesa Eleonora. No outro dia vi-a num baile... Depois... Fora longo dizer-vo-lo: seis meses! Concebei-lo? Seis meses de agonia e desejo anelante, seis meses de amor com a sede da fera. Seis meses! Como foram longos!

Um dia achei que era demais. Todo esse tempo havia passado em contemplação, em vê-la, amá-la, e sonhá-la: apertei minhas mãos jurando que isso não iria além, que era muito esperar em vão e que se ela não viria, como Gulnare aos pés do corsário, a ele cabia ir ter com ela.

Uma noite tudo dormia no palácio do duque. A duquesa cansada do baile, adormecia num divã. A lâmpada de alabastro estremecia-lhe sua luz dourada na testa pálida. Parecia uma fada que dormia ao luar...

O reposteiro do quarto agitou-se: um homem aí estava parado, absorto. Tinha a cabeça tão quente e febril e ele a repousava no portal.

A fraqueza era covarde: e demais, esse homem comprara uma chave e uma hora à infâmia venal de um criado, esse homem jurara que nessa noite gozaria aquela mulher. Fosse embora veneno, ele beberia o mel daquela flor, o licor de escarlate daquela taça. Quanto a esses prejuízos de honra e adultério, não riais deles — não que ele ria disso. Amava e queria, a sua vontade era como a folha de um punhal: ferir ou estalar.

Na mesa havia um copo e um frasco de vinho, encheu o copo: era vinho espanhol... Chegou-se a ela, ergueu-a com suas roupas de veludo desatadas, seus cabelos a meio soltos ainda entremeados de pedraria e flores, seus seios meio nus, onde os diamantes brilhavam como gotas de orvalho, ergueu-a nos braços, deu-lhe um beijo. Ao calor daquele beijo, seminua, ela acordou: entre os vagos sonhos em que se lhe perdia uma ilusão talvez, murmurou "amor!" e com olhos entreabertos deixou cair a cabeça e adormeceu de novo.

O homem tirou do seio um frasquinho de esmeralda. Levou-o aos lábios entreabertos dela e verteu-lhe algumas gotas que ela absorveu sem senti-las. Deitou-a e esperou. Daí a instantes o sono dela era profundíssimo... A bebida era um narcótico onde se misturaram algumas gotas daqueles licores excitantes que acordam a febre nas faces e o desejo voluptuoso no seio.

O homem estava de joelhos, o seu peito tremia, e ele estava pálido como após de uma longa noite sensual. Tudo parecia vacilar-lhe em torno... Ela estava nua: nem veludo, nem véu leve a encobria. O homem ergueu-se, afastou o cortinado.

A lâmpada brilhou com mais força e apagou-se...

O homem era Claudius Hermann...
....
....

Quando me levantei, embucei-me na capa e saí pelas ruas. Queria ir ter a meu palácio, mas estava tonto como um ébrio. Titubeava e o chão era lúbrico como para quem desmaia. Uma ideia contudo me perseguia. Depois daquela mulher nada houvera mais para mim. Quem uma vez bebeu o suco das uvas purpurinas do paraíso mais nunca deve inebriar-se do néctar da terra...

Quando o mel se esgotasse, o que restava a não ser o suicídio?

Uma semana se passou assim: todas as noites eu bebia nos lábios à dormida um século de gozo. Um mês, o mês em que delirantes iam os bailes do entrudo, em que mais cheia de febre ela adormecia quente, com as faces em fogo...

Uma noite — era depois de um baile — eu esperei-a na alcova, escondido atrás do seu leito. No copo cheio d'água que estava junto à sua cabeceira derramara as últimas gotas do filtro, quando entrou ela com o duque.

Era ele um belo moço! Antes de deixá-la passou-lhe as duas mãos pelas fontes e deu-lhe um beijo. Embevecido daquele beijo, o anjo pendeu a cabeça no ombro dele e enlaçou-o com seus braços nus, reluzentes das pulseiras de pedraria. O duque teve sede, pegou no copo da duquesa, bebeu algumas gotas; ela tomou-lhe o copo, bebeu o resto. Eu os vi assim: aquele esposo inda tão moço, aquela mulher — ah! e tão bela!... de tez ainda virgem — e apertei o punhal...

—Virás hoje, Maffio? — disse ela.

— Sim, minh'alma.

Um beijo sussurrou, e afogou as duas almas. E eu na sombra sorri, porque sabia que ele não havia de vir.

....

....

Ele saiu, ela começou a despir-se. Eu lhas vi uma por uma caírem as roupas brilhantes, as flores e as joias, desatarem-se-lhe as tranças luzidias e negras, e depois aparecer no véu branco do roupão transparente, como as estátuas de ninfas a meio nuas, com as formas desenhadas pela túnica repassada da água do banho.

O que vi... foi o que sonhara e muito, o que vós todos, pobres insanos, idealizastes um dia como a visão dos amores sobre o corpo da vendida! Eram os seios níveos e veiados de azul, trêmulos de desejo, a cabeça perdida entre a chuva de cabelos negros, os lábios arquejantes, o corpo todo palpitante: era a languidez do desalinho, quando o corpo da beleza mais se enche de beleza, e como uma rosa que abre molhada de sereno, mais se expande, mais patenteia suas cores.

O narcótico era fortíssimo: uma sofreguidão febril lhe abria os beiços extenuada e lânguida, caída no leito, com as pálpebras pálidas, os braços soltos e sem força, parecia beijar uma sombra...

....

....

Ergui-a do leito: carreguei-a com suas roupas diáfanas, suas formas cetinosas, os cabelos soltos, úmidos ainda de perfume, seus seios ainda quentes...

Corri com ela pelos corredores desertos, passei pelo pátio, a última porta estava cerrada — abri-a.

Na rua estava um carro de viagem: os cavalos nitriam e escumavam de impaciência. Entrei com ela dentro do carro. Partimos.

Era tempo. Uma hora depois amanhecia. Breve estivemos fora da cidade.

A madrugada aí vinha com seus vapores, seus rosais borrifados de orvalho, suas nuvens aveludadas e as águas salpicadas de ouro e vermelhidão. A natureza corava ao primeiro beijo do sol, como branca donzela ao primeiro beijo do noivo: não como amante afanada de noite voluptuosa como a pintou o paganismo, antes como virgem acordada do sono infantil, meia[6] ajoelhada ante Deus, que ora e murmura suas orações balsâmicas ao céu que se azula, à terra que cintila, às águas que se douram. Essa madrugada baixava à terra como o hálito de Deus e, entre aquela luz e aquele ar fresco, a duquesa dormia, pálida como os sonos daquelas criaturas místicas das iluminuras da Idade Média, bela como a Vênus dormida do Ticiano, e voluptuosa como uma das amásias do Veronese.

Beijei-a: eu sentia a vida que se me evaporava nos seus lábios. Ela sobressaltou-se, entreabriu os olhos; mas o peso do sono ainda a acabrunhava, e as pálpebras descoradas se fecharam...

A carruagem corria sempre.

....
....

O sol estava a prumo no céu. Era meio-dia: o calor abafava; pela fronte, pelas faces, pelo colo da duquesa rolavam gotas de suor como aljôfares de um colar roto... Paramos numa estalagem: lancei-lhe sobre a face um véu, tomei-a nos meus braços e levei-a a um aposento.

Ela devia ser muito bela assim! Os criados paravam nos corredores. Era assombro de tanta beleza, mais ainda que curiosidade indiscreta.

A dona da casa chegou-se a mim.

— Senhor, vossa esposa ou irmã, quem quer que ela seja, decerto precisará de uma criada que a sirva...

— Deixai-me, ela dorme.

Foi essa a minha única resposta.

Deitei-a no leito, corri os cortinados, cerrei as janelas para que a luz lhe não turbasse o sono. Não havia ali ninguém que nos visse, estávamos sós, o homem e seu anjo; e a criatura da terra ajoelhou-se ao pé do leito da criatura do céu.

Não sei quanto tempo correu assim, não sei se dormia, mas sei que sonhava muito amor e muita esperança, não sei se velava, mas eu a via sempre ali, eu lhe contemplava cada movimento gracioso do dormir, eu estremecia a cada alento que lhe tremia os seios, e tudo me parecia um sonho, um desses sonhos a que a alma se abandona como um cisne que modorra ao tom das águas... Não sei quanto tempo correu assim: sei só que o meu delírio quebrou-se, a duquesa estava

---

[6] Na época do autor, a flexão do advérbio "meio" era aceita na norma padrão. (N. do E.)

sentada sobre o leito, com os braços nus afastava as ondas do cabelo solto que lhe cobria o rosto e o colo.

— É um sonho? — murmurou. — Onde estou eu? Quem é esse homem encostado em meu leito?

O homem não respondeu.

Ela desceu da cama. Seu primeiro impulso foi o pudor: quis encobrir com as mãozinhas os seios palpitantes de susto. Sentiu-se quase nua, exposta às vistas de um estranho, e tremia como contam os poetas que tremera Diana ao ver-se exposta, no banho, nua às vistas de Actéon.

— Senhor, dizei-me, por compaixão, se tudo isso não é uma ilusão... se não fora uma infâmia! Nem quero pensá-lo. Maffio não deve tardar, não é assim? O meu Maffio!... Tudo isso é uma comédia... Mas que alcova é esta? Eu adormeci no meu palácio... como despertei numa sala desconhecida? Dizei, tudo isso é um brinco[7] de Maffio? Quer se rir de mim... Mas, vede, eu tremo, tenho medo.

O homem não respondia. Tinha os olhos a fito naquela forma divina. Seria a estátua da paixão na palidez, no olhar imóvel, nos lábios sedentos, se o arfar do peito lhe não denunciasse a vida.

Ela ajoelhou-se: nem sei o que ela dizia. Não sei que palavras se evaporavam daqueles lábios. Eram perfumes, porque as rosas do céu só têm perfumes; eram harmonias, porque as harpas do céu só têm harmonias; e o lábio da mulher bela é uma rosa divina, e seu coração é uma harpa do céu. Eu a escutava, mas não a entendia, sentia só que aquelas falas eram muito doces, que aquela voz tinha um talismã irresistível para minh'alma, porque só nos meus sonhos de infante que se ilude de amores, uma voz assim me passara. Os gemidos de duas virgens abraçadas no céu, douradas da luz da face de Deus, empalidecidas pelos beijos mais puros, pelo tremuloso dos abraços mais palpitantes, não seriam tão suaves assim!

A moça chorava, soluçava: por fim ela ergueu-se.

Eu a vi correr à janela, ia abri-la... Eu corri a ela e tomei-a pelas mãos...

— Pois bem — disse ela —, eu gritarei... se não for um deserto, se alguém passar por aqui... talvez me acudam... Socor...

Eu tapei-lhe a boca com as mãos...

---

[7] Brinco na acepção de "brincadeira". (N. do E.)

— Silêncio, senhora!

Ela lutava para livrar-se de minhas mãos. Por fim, sentiu-se enfraquecida. Eu soltei-a de pena dela.

— Então dizei-me onde estou... dizei-mo, ou eu chamarei por socorro...

— Não gritareis, senhora!

— Por compaixão então esclarecei-me nesta dúvida: por que tudo isso que eu vejo? Tudo o que penso, o que adivinho é muito horrível!

— Escutai pois — disse-lhe eu. — Havia uma mulher... era um anjo. Havia um homem que a amava, como as águas amam a lua que as prateia, como as águias da montanha o sol que as fita, que as enche de luz e de amor. Nem sei quem ele era. Ergueu-se um dia de uma vida de febre, esqueceu-a; e esqueceu o passado diante de uns olhos transparentes de mulher, as manchas de sua história, numa aurora de gozos, onde se lhe desenhava a sombra desse anjo... Escutai: não o amaldiçoeis! Esse homem tinha muita infâmia no passado, profanara sua mocidade, prostituíra-a como a borboleta de ouro a sua geração, lançando-a no lodo; frio, sem crenças, sem esperanças, abafara uma por uma suas ilusões, como a infanticida seus filhos... Deus o tinha amaldiçoado talvez! Ou ele mesmo se amaldiçoara... Esquecera que era homem e que tinha no seu peito harmonias santas como as do poeta... Ele as esquecera e elas dormiam-lhe no mistério como os suspiros nas cordas de uma guitarra abandonada. Esquecera que a natureza era bela e muito bela, que o leito das flores da noite era rescendente, que a lua era a lâmpada dos amores, as aragens do vale, os perfumes do poeta no seu noivado com os anjos e que a aurora tinha eflúvios frescos... e com suas nuvens virginais, suas folhas molhadas de orvalho, suas águas nevoentas, tinha encantos que só as almas puras entendem! Tudo isso enjeitou, esqueceu... para só o lembrar a furto e com escárnio nas horas suarentas da devassidão... Ele era muito infame!

— Mas tudo isso não me diz quem sois vós... nem por que estou aqui...

— Escutai: o libertino amou pois o anjo, voltou o rosto ao passado, despiu-se dele como de um manto impuro. Retemperou-se no fogo do sentimento, apurou-se na virgindade daquela visão, porque ela era bela como uma virgem, e refletia essa luz virgem do espírito nesse brilho d'alma divina que alumia as formas, que não são da terra, mas do céu. Ainda o tempo não eivara o coração do insano de uma lepra sem cura, nem selo inextinguível lhe gravara na fronte — impureza! Deixou-se do viver que levara, desconheceu seus companheiros, suas amantes venais, suas insônias cheias de febre, quis apagar todo o gosto da existência, como o homem que perdeu uma fortuna inteira no jogo quer esquecer a realidade.

E o homem pôde esquecer tudo isto. Mas ele não era ainda feliz. As noites passava-as ao redor do palácio dela, via-a às vezes bela e descorada ao luar, no terraço deserto, ou distinguia suas formas na sombra que passava pelas cortinas da janela aberta de seu quarto iluminado. Nos bailes seguia com olhares de inveja aquele corpo que palpitava nas danças. No teatro, entre o arfar das ondas da harmonia, quando o êxtase boiava naquele ambiente balsâmico e luminoso, ele nada via senão ela, e só ela! E as horas de seu leito... suas horas de sono não, que mal as dormia, porque às vezes eram longas de impaciência e insônia, outras vezes eram curtas de sonhos ardentes! O pobre insano teve um dia uma ideia: era negra sim, mas era a da ventura. O que fez não sei, nem o sabereis nunca. E depois bastante ébrio para vos sonhar, bastante louco para nos sonhos de fogo de seu delírio imaginar gozar-vos, foi profano assaz para roubar a um templo o cibório do ouro mais puro. Esse homem... tende compaixão dele, que ele vos amará de joelhos... ó anjo, Eleonora...

— Meu Deus! meu Deus! por que tanta infâmia, tanto lodo sobre mim? Ó minha Madona! por que maldissestes minha vida, por que deixastes cair na minha cabeça uma nódoa tão negra?

As lágrimas, os soluços, abafavam-lhe a voz.

— Perdoai-me, senhora, aqui me tendes a vossos pés! Tende pena de mim, que eu sofri muito, que amei-vos, que vos amo muito! Compaixão! Que serei vosso escravo, beijarei vossas plantas, ajoelhar-me-ei à noite à vossa porta, ouvirei vosso ressonar, vossas orações, vossos sonhos... e isso me bastará... Serei vosso escravo e vosso cão, deitar-me-ei a vossos pés quando estiverdes acordada, velarei com meu punhal quando a noite cair, e se algum dia, se algum dia vós me puderdes amar... então... então...

— Oh! Deixai-me! Deixai-me!

— Eleonora! Eleonora! Perder noites e noites numa esperança! Alentá-la no peito como uma flor que murcha de frio, alentá-la, revivê-la cada dia, para vê-la desfolhada sobre meu rosto! Absorver-me em amor e só ter irrisão e escárnio? Dizei antes ao pintor que rasgue sua madona, ao escultor que despedace a sua estátua de mulher.

Louca, pobre louca que sois! Credes que um homem havia de encarnar um pensamento em sua alma, viver desse cancro, embeber-se da vitalidade da dor, para depois rasgá-lo do seio? Credes que ele consentiria que se lhe pisasse no coração, que lhe arrancassem — a ele poeta e amante, da coroa de ilusões — as flores uma por uma, que pela noite da desgraça, a seu amor insano de mãe lhe sufocassem sobre o seio a criatura de seu sangue, o filho de sua vida, a esperança de suas esperanças?

— Oh! E não tereis vós também dó de mim? Não sabeis-lo? Isto é infame! Sou uma pobre mulher. De joelhos eu vos peço perdão se vos ofendi... Eu vo-lo peço, deixai-me! Que me importam vossos sonhos, vosso amor?

Doía-me profundamente aquela dor: aquelas lágrimas me queimavam. Mas minha vontade fez-se rija e férrea como a fatalidade.

— Que te importam meus sonhos, que te importam meus amores? Sim, tens razão! Que importa à água do deserto e à gazela do areal que o árabe tenha sede ou que o leão tenha fome? Mas a sede e a fome são fatais. O amor é como eles: entendes-me agora?

— Matai-me então! Não tereis um punhal! Uma punhalada pelo amor de Deus! Eu juro, eu vos abençoarei...

— Morrer! E pensas no morrer! Insensata! Descer do leito morno do amor à pedra fria dos mortos! Nem sabes o que dizes. Sabes o que é essa palavra: morrer? É a dúvida que afana a existência, é a dúvida, o pressentimento que resfria a fronte do suicida, que lhe passa nos cabelos como um vento de inverno e nos empalidece a cabeça como Hamlet! Morrer! É a cessação de todos os sonhos, de todas as palpitações do peito, de todas as esperanças! É estar peito a peito com nossos antigos amores e não senti-los! Doida! é um noivado medonho o do verme, um lençol bem negro o da mortalha! Não fales nisso: por que lembrar o coveiro junto ao leito da vida? Põe a mão no teu coração... bate... e bate com força, como o feto nas entranhas de sua mãe. Há ali dentro muita vida ainda, muito amor por amar, muito fogo por viver! Oh! se tu quisesses amar-me!

Ela escondeu a cabeça nas mãos e soluçou.

— É impossível, eu não posso amar-vos.

Eu disse-lhe:

— Eleonora, ouve-me, deixo-te só, velarei contudo sobre ti daquela porta. Resolve-te, seja uma decisão firme sim, mas pensada. Lembra-te que hoje não poderás voltar ao mundo: o duque Maffio seria o primeiro que fugiria de ti, a torpeza do adultério senti-la-ia ele nas tuas faces, creria roçar na tua boca a umidade de um beijo de estranho. E ele te amaldiçoaria. Vê, além da maldição e o escárnio, a irrisão das outras mulheres, a zombaria vingativa daqueles que te amaram e que não amaste. Quando entrares, dir-se-á: ei-la! arrependeu-se! O marido... pobre dele! Perdoou-a... As mães te esconderão suas filhas, as esposas honestas terão pejo de tocar-te... E aqui, Eleonora, aqui terás meu peito e meu amor, uma vida só para ti, um homem que só pensará em ti e sonhará sempre contigo, um homem cujo mundo serás tu, serão teus risos, teus olhares, teus amores, que se esquecerá de ontem e de amanhã para fazer, como um Deus, de ti a sua eternidade. Pensa, Eleonora! Se quisesses, partiríamos hoje; uma vida de venturas nos espera. Sou muito rico, bastante para adornar-te como uma rainha. Correremos a Europa, iremos ver a França com seu luxo, a Espanha, onde o clima convida ao amor, onde as tardes se embalsamam nos laranjais em flor, onde as campinas se aveludam e se matizam de mil flores, iremos à Itália, a tua pátria e, no teu céu azul, nas tuas noites límpidas, nos teus crepúsculos suavíssimos viver de novo ao sol meridional!... Se quiseres... senão seria horrível... não sei o que aconteceria, mas quem entrasse neste quarto levaria os pés ensopados de sangue...

Saí. Duas horas depois voltei.

— Pensaste, Eleonora?

Ela não respondeu. Estava deitada com o rosto entre as mãos. A minha voz ergueu-se. Havia um papel molhado de suas lágrimas sobre o leito. Estendi a mão para tomá-lo, ela entregou-mo.

Eram uns versos meus. Olhei para a mesa, minha carteira de viagem, que eu trouxera do carro, estava aberta, os papéis eram revoltos. Os versos eram estes.

Claudius tirou do bolso um papel amarelado e amarrotado, atirou-o na mesa. Johann leu:

Não me odeies, mulher, se no passado
Nódoa sombria desbotou-me a vida:
No vício ardente requeimando os lábios
E de tudo descri com fronte erguida.

A másc'ra de Don Juan queimou-me o rosto
Na fria palidez do libertino:
Desbotou-me esse olhar — e os lábios frios
Ousam de maldizer meu destino.

Sim! longas noites no fervor do jogo
Esperdicei febril e macilento:
E votei o porvir ao Deus do acaso
E o amor profanei no esquecimento!

Murchei no escárnio as coroas do poeta
Na ironia da glória e dos amores:
Aos vapores do vinho, à noite insano
Debrucei-me do jogo nos fervores!

A flor da mocidade profanei-a
Entre as águas lodosas do passado...
No crânio a febre, a palidez nas faces,
Só cria no sepulcro sossegado!

E asas límpidas do anjo em colo impuro
Mareei — nos bafos da mulher vendida:
Inda nos lábios me rouxeia o selo
Dos ósculos da perdida.

E a mirra das canções nem mais vapora
Em profanada taça eivada e negra:
Mar de lodo passou-me ao rio d'alma,
As níveas flores me estalou das bordas.
Sonho de glórias só me passa a furto,
Qual flor aberta a medo em chão de tumbas
— Abatida e sem cheiro...

O meu amor... o peito o silencia:
Guardo-o bem fundo — em sombras do sacrário
Onde ervaçal não se abastou nos ermos.
Meu amor... foi visão de roupas brancas
Da orgia à porta, fria e soluçando:
Lâmpada santa erguida em leito infame:
Vaso templário da taverna à mesa:
Estrela d'alva refletindo pálida
No tremedal do crime.

Como o leproso das cidades velhas
Sei me fugiras com horror aos beijos:

Sei, no doido viver dos loucos anos
As crenças desflorei em negra insânia:
— Vestal, prostituí as formas virgens,
— Lancei eu próprio ao mar da c'roa as folhas,
— Troquei a rósea túnica da infância
Pelo manto das orgias.

Oh! não me ames sequer! Pois bem! um dia
Talvez diga o Senhor ao pobre Lázaro:
Ergue-te — aí do lupanar da morte,
Revive ao fresco de viver mais puro!
E viverei de novo: a mariposa
Sacode as asas, estremece-as, brilha,
Despindo à negra tez, a baba imunda
Da larva desbotada.

Então, mulher — acordarei do lodo
Onde Satã se pernoitou comigo,
Onde inda morno perfumou seu molde
Cetinosa nudez de formas níveas.
E a loura meretriz nos seios brancos
Deitou-me a fronte lívida, na insônia
Quedou-me a febre da volúpia à sede
Sobre os beijos vendidos.

E então acordarei ao sol mais puro,
Cheirosa a fronte às auras da esperança!
Lavarei-me da fé nas águas d'ouro
De Madalena em lágrimas!... e ao anjo
Talvez que Deus me dê, curvado e mudo,
Nos eflúvios do amor libar um beijo,
Morrer nos lábios dele!

....
....

Ela calou-se: chorava e gemia.

Acerquei-me dela, ajoelhei-me como ante Deus.

— Eleonora, sim ou não.

Ela voltou o rosto para o outro lado, quis falar... interrompia-se a cada sílaba.

— Esperai, deixai que ore um pouco, a Madona talvez me perdoe.

Esperava eu sempre. Ela ajoelhou-se.

— Agora — disse ela — erguendo-se e estendendo-me a sua mão.

— Então?

— Irei contigo.

E desmaiou.

....

....

....

Aqui parou a história de Claudius Hermann.

Ele abaixou a cabeça na mesa, não falou mais.

— Dormes, Claudius? Por Deus! Ou estás bêbado ou morto!

Era Archibald que o interpelava: sacudia-o a toda a força. Claudius levantou um pouco a cabeça, estava macilento, tinha os olhos fundos numa sombra negra.

— Deixai-me, amaldiçoados! Deixai-me pelo céu ou pelo inferno! Não vedes que tenho sono... sono e muito sono?

— E a história, a história? — bradou Solfieri.

— E a duquesa Eleonora? — perguntou Archibald.

— É verdade... a história. Parece-me que olvidei tudo isso. Parece que foi um sonho!

— E a duquesa?

— A duquesa?... Parece-me que ouvi esse nome alguma vez... Com os diabos, que me importa?

Aí quis prosseguir, mas uma força invencível o prendia.

— A duquesa... é verdade! Mas como esqueci tudo isso que não me lembro!... Tirai-me da cabeça esse peso... Bofé que encheram-me o crânio de chumbo derretido!...

E ele batia na cabeça macilenta como um médico no peito do agonizante para encontrar um eco de vida.

— Então?

— Ah! ah! ah! — gargalhou alguém que tinha ficado estranho à conversa.

— Arnold! cala-te!

— Cala-te antes, Solfieri! Eu contarei o fim da história.

Era Arnold, o louro, que acordava.

— Escutai vós todos — disse. — Um dia Claudius entrou em casa. Encontrou o leito ensopado de sangue e num recanto escuro da alcova um doido abraçado com um cadáver. O cadáver era o de Eleonora, o doido nem o pudéreis conhecer tanto a agonia o desfigurara! Era uma cabeça hirta e desgrenhada, uma tez esverdeada, uns olhos fundos e baços onde o lume da insânia cintilava afurto, como a emanação luminosa dos pauis entre as trevas...

Mas ele o conheceu. Era o duque Maffio...

Claudius soltou uma gargalhada. Era sombria como a insânia, fria como a espada do anjo das trevas. Caiu ao chão, lívido e suarento como a agonia, inteiriçado como a morte...

Estava ébrio como o defunto patriarca Noé, o primeiro amante da vinha, virgem desconhecida até então e hoje prostituta de todas as bocas... Ébrio como Noé, o primeiro borracho de que reza a história! Dormia pesado e fundo como o apóstolo São Pedro no horto das Oliveiras... O caso é que ambos tinham ceado à noite...

Arnold estendeu a capa no chão e deitou-se sobre ela.

Daí a alguns instantes os seus roncos de barítono se mesclavam ao magno concerto dos roncos dos dormidos...

❖

CAPÍTULO VI

Johann

Pour quoi? C'est que mon coeur au milieu des délices,
D'un souvenir jaloux constamment oppressé,
Froid au bonheur présent, va chercher ses supplices
Dans l'avenir et le passé.[1]

DUMAS

— Agora a minha vez! Quero lançar também uma moeda em vossa urna; é o cobre azinhavrado do mendigo. Pobre esmola por certo!

Era em Paris, num bilhar. Não sei se o fogo do jogo me arrebatara, ou se o *kirsch* e o curaçau me queimaram demais as ideias... Jogava contra mim um moço: chamava-se Artur.

Era uma figura loura e mimosa como a de uma donzela. Rosa infantil lhe avermelhava as faces; mas era uma rosa de cor desfeita. Leve buço lhe sombreava o lábio, e pelo oval do rosto uma penugem dourada lhe assomava como a felpa que rebuça o pêssego.

Faltava um ponto a meu adversário para ganhar. A mim, faltavam-me não sei quantos: sei só que eram muitos e pois requeria-se um grande sangue-frio e muito esmero no jogar.

Soltei a bola. Nessa ocasião o bilhar estremeceu... O moço louro, voluntariamente ou não, se encostara ao bilhar... A bola desviou-se,

---

[1] "Por quê? Porque meu coração, no meio das delícias / De uma recordação ciumenta constantemente sufocada, / Insensível à felicidade presente, vai procurar seus suplícios / No futuro e no passado." (N. do E.)

mudou de rumo: com o desvio dela perdi... A raiva levou-me de vencida. Adiantei-me para ele. A meu olhar ardente o mancebo sacudiu os cabelos louros e sorriu como de escárnio.

Era demais! Caminhei para ele: ressoou uma bofetada. O moço convulso caminhou para mim com um punhal, mas nossos amigos nos sustiveram.

— Isso é briga de marujo. O duelo, eis a luta dos homens de brio.

O moço rasgou nos dentes uma luva e atirou-ma à cara. Era insulto por insulto, lodo por lodo: tinha de ser sangue por sangue.

Meia hora depois tomei-lhe a mão com sangue-frio e disse-lhe no ouvido:

— Vossas armas, senhor?

— Sabê-las-ei no lugar.

— Vossas testemunhas?

— A noite e minhas armas.

— A hora?

— Já.

— O lugar?

— Vireis comigo... Onde pararmos aí será o lugar...

— Bem, muito bem: estou pronto, vamos.

Dei-lhe o braço e saímos. Ao ver-nos tão frios a conversar creram uma satisfação. Um dos assistentes contudo entendeu-nos.

Chegou a nós e disse:

— Senhores, não há pois meio de conciliar-vos?

Nós sorrimos ambos.

— É uma criançada — tornou ele.

Nós não respondemos.

— Se precisardes de uma testemunha, estou pronto.

Nós nos curvamos ambos.

Ele entendeu-nos: viu que a vontade era firme e afastou-se.

Nós saímos.

....

....

Um hotel estava aberto. O moço levou-me para dentro.

— Moro aqui, entrai — disse-me.

Entramos.

— Senhor — disse ele —, não há meio de paz entre nós: um bofetão e uma luva atirada às faces de um homem são nódoas que só o sangue lava. É pois um duelo de morte.

— De morte — repeti como um eco.

— Pois bem: tenho no mundo só duas pessoas — minha mãe e... esperai um pouco.

O moço pediu papel, pena e tinta. Escreveu: as linhas eram poucas. Acabando a carta deu-ma a ler.

— Vede, não é uma traição — disse.

— Artur, creio em vós: não quero ler esse papel.

Repeli o papel. Artur fechou a carta, selou o lacre com um anel que trazia no dedo. Ao ver o anel, uma lágrima correu-lhe na face e caiu sobre a carta.

— Senhor, sois um homem de honra. Se eu morrer, tomai esse anel. No meu bolso achareis uma carta, entregareis tudo a... Depois dir-vos-ei a quem...

— Estais pronto? — perguntei.

— Ainda não! Antes de um de nós morrer é justo que brinde o moribundo ao último crepúsculo da vida. Não sejamos abissínios demais, o sol do cinábrio do poente ainda é belo.

O vinho do Reno correu em águas de ouro nas taças de cristal verde. O moço ergueu-se.

— Senhor, permiti que eu faça uma saúde convosco.

— A quem?

— É um mistério... é uma mulher, porque o nome daquela que se apertou uma vez nos lábios, a quem se ama, é um segredo. Não a fareis?

— Seja como quiserdes — disse eu.

Batemos os copos. O moço chegou à janela. Derramou algumas gotas de vinho do Reino à noite. Bebemos.

— Um de nós fez a última saúde — disse ele. — Boa noite para um de nós... bom leito e sonos sossegados para o filho da terra.

Foi a uma secretária, abriu-a, tirou duas pistolas.

— Isto é mais breve — disse ele. — Pela espada é mais longa a agonia. Uma delas está carregada, a outra não. Tirá-las-emos à sorte. Atiraremos à queima-roupa.

É um assassinato...

— Não dissemos que era um duelo de morte, que um de nós devia morrer?

— Tendes razão. Mas dizei-me, onde iremos?

— Vinde comigo. Na primeira esquina deserta dos arrabaldes. Qualquer canto de rua é bastante sombrio para dois homens dos quais um tem de matar o outro.

À meia-noite estávamos fora da cidade. Ele pôs as duas pistolas no chão.

— Escolhei, mas sem tocá-las.

Escolhi.

— Agora vamos — disse eu.

— Esperai, tenho um pressentimento frio e uma voz suspirosa me geme no peito. Quero rezar... é uma saudade por minha mãe.

Ajoelhou-se. À vista daquele moço de joelhos — talvez sobre um túmulo — lembrei-me que eu também tinha mãe e uma irmã... e que eu as esquecia. Quanto a amantes, meus amores eram como a sede dos cães das ruas, saciavam-se na água ou na lama... Eu só amara mulheres perdidas.

— É tempo — disse ele.

Caminhamos frente a frente. As pistolas se encostaram nos peitos. As espoletas estalaram, um tiro só estrondou, ele caiu morto.

— Tomai — murmurou o moribundo e acenava-me para o bolso.

Atirei-me a ele. Estava afogado em sangue. Estrebuchou três vezes e ficou frio... Tirei-lhe o anel da mão. Meti-lhe a mão no bolso como ele o dissera. Achei dois bilhetes.

A noite era escura: não pude lê-los.

Voltei à cidade. À luz baça do primeiro lampião vi os dois bilhetes. O primeiro era a carta para sua mãe. O outro estava aberto, li:

"À uma hora da noite na rua de... nº 60, 1º andar; acharás a porta aberta.

G."

Não tinha outra assinatura.

Eu não soube o que pensar. Tive uma ideia: era uma infâmia.

Fui à entrevista. Era no escuro. Tinha no dedo o anel que trouxera do morto... Senti uma mãozinha acetinada tomar-me pela mão, subi. A porta fechou-se.

Foi uma noite deliciosa! A amante do louro era virgem. Pobre Romeu! Pobre Julieta! Parece que essas duas crianças levavam as noites em beijos infantis e em sonhos puros!

(Johann encheu o copo, bebeu-o, mas estremeceu.)

Quando eu ia sair, topei um vulto à porta.

— Boa noite, cavalheiro... eu vos esperava há muito.

Essa voz pareceu-me conhecida. Porém eu tinha a cabeça desvairada...

Não respondi: o caso era singular. Continuei a descer, o vulto acompanhou-me. Quando chegamos à porta vi luzir a folha de uma faca. Fiz um movimento e a lâmina resvalou-me no ombro. A luta fez-se terrível na escuridão. Eram dois homens que não se conheciam, que não pensavam talvez terem-se visto um dia à luz, e que não haviam mais ver-se porventura ambos vivos.

O punhal escapou-lhe das mãos, perdeu-se no escuro; subjuguei-o. Era um quadro infernal, um homem na escuridão abafando a boca do outro com a mão, sufocando-lhe a garganta com o joelho, e a outra mão a tatear na sombra procurando um ferro.

Nessa ocasião senti uma dor horrível: frio e dor me correram pela mão. O homem morrera sufocado, e na agonia me enterrara os dentes pela carne. Foi a custo que desprendi a mão sangrenta e descarnada da boca do cadáver. Ergui-me. Ao sair tropecei num objeto sonoro. Abaixei-me para ver o que era. Era uma lanterna furta-fogo. Quis ver quem era o homem. Ergui a lâmpada...

O último clarão dela banhou a cabeça do defunto... e apagou-se...

Eu não podia crer; era um sonho fantástico toda aquela noite. Arrastei o cadáver pelos ombros... levei-o pela laje da calçada até o lampião da rua, levantei-lhe os cabelos ensanguentados do rosto... (Um espasmo de medo contraiu horrivelmente a face do narrador... Tomou o copo, foi beber... os dentes lhe batiam como de frio... o copo estalou-lhe nos lábios.)

Aquele homem — sabeis-lo!?... era sangue do meu sangue, era filho das entranhas de minha mãe, como eu... era meu irmão! Uma ideia passou ante meus olhos como um anátema. Subi ansioso ao sobrado. Entrei. A moça desmaiara de susto ouvindo a luta. Tinha a face fria como o mármore. Os seios nus e virgens estavam parados e gélidos como os de uma estátua... A forma de neve eu a sentia meia nua entre os vestidos desfeitos, onde a infância asselara a nódoa de uma flor perdida.

Abri a janela, levei-a até aí...

Na verdade que sou um maldito! Olá, Archibald, dá-me um outro copo, enche-o de conhaque, enche-o até a borda! Vedes!... Sinto frio, muito frio... tremo de calafrios e o suor me corre nas faces! Quero o fogo dos espíritos! A ardência do cérebro ao vapor que tonteia... quero esquecer!

— Que tens, Johann? Tiritas como um velho centenário!

— O que tenho? O que tenho? Não o vedes pois? Era minha irmã!

....

CAPÍTULO VII

Último beijo de amor

Well Juliet! I shall lie with thee to night![1]

SHAKESPEARE, ROMEU

A noite ia alta: a orgia findara. Os convivas dormiam repletos, nas trevas.

Uma luz raiou súbito pelas fisgas da porta. A porta abriu-se. Entrou uma mulher vestida de negro. Era pálida, e a luz de uma lanterna, que trazia erguida na mão, se derramava macilenta nas faces dela e dava-lhe um brilho singular aos olhos. Talvez que um dia fosse uma beleza típica, uma dessas imagens que fazem descorar de volúpia nos sonhos de mancebo. Mas agora com sua tez lívida, seus olhos acesos, seus lábios roxos, suas mãos de mármore, e a roupagem escura e gotejante da chuva, disséreis antes — o anjo perdido da loucura.

A mulher curvou-se: com a lanterna na mão procurava uma por uma entre essas faces dormidas um rosto conhecido.

Quando a luz bateu em Arnold, ajoelhou-se. Quis dar-lhe um beijo, alongou os lábios... Mas uma ideia a susteve. Ergueu-se. Quando chegou a Johann, que dormia, um riso embranqueceu-lhe os beiços, o olhar tornou-se-lhe sombrio.

---

[1] "Bem, Julieta, deitar-me-ei ao teu lado ainda esta noite!" (N. do E.)

Abaixou-se junto dele, depôs a lâmina no chão. O lume baço da lanterna dando nas roupas dela espalhava sombra sobre Johann. A fronte da mulher pendeu e sua mão pousou na garganta dele. Um soluço rouco e sufocado ofegou daí. A desconhecida levantou-se. Tremia; e ao segurar na lanterna ressoou-lhe na mão um ferro... Era um punhal... Atirou-o ao chão. Viu que tinha as mãos vermelhas, enxugou-as nos longos cabelos de Johann...

Voltou a Arnold; sacudiu-o.

— Acorda e levanta-te!

— Que me queres?

— Olha-me... não me conheces?

— Tu! E não é um sonho? És tu! Oh! Deixa que eu te aperte ainda! Cinco anos sem ver-te! Cinco anos! E como mudaste!

— Sim, já não sou bela como há cinco anos! É a verdade, meu louro amante! É que a flor da beleza é como todas as flores. Alentai--as ao orvalho da virgindade, ao vento da pureza, e serão belas... Revolvei-as no lodo... e, como os frutos que caem e mergulham nas águas do mar, cobrem-se de um invólucro impuro e salobre! Outrora era Giórgia, a virgem, mas hoje é Giórgia, a prostituta!

— Meu Deus! Meu Deus!

E o moço sumiu a fronte nas mãos.

— Não me amaldiçoes, não!

— Oh! Deixa que me lembre: estes cinco anos que passaram foram um sonho. Aquele homem do bilhar, o duelo à queima-roupa, meu acordar num hospital, essa vida devassa onde me lançou a desesperação, isto é um sonho! Oh! Lembremo-nos do passado! Quando o inverno escurece o céu, cerremos os olhos; pobres andorinhas moribundas! Lembremo-nos da primavera!...

— Tuas palavras me doem... É um adeus, é um beijo de adeus e separação que venho pedir-te. Na terra nosso leito seria impuro, o mundo manchou nossos corpos. O amor do libertino e da prostituta. Satã riria de nós. É no céu, quando o túmulo nos lavar em seu banho, que se levantará nossa manhã do amor...

— Oh! Ver-te e para deixar-te ainda uma vez! E não pensaste, Giórgia, que me fora melhor ter morrido devorado pelos cães da rua deserta, donde me levantaram cheio de sangue? Que fora-te melhor assassinar-me no dormir do ébrio, do que apontar-me a estrela errante da ventura e apagar-me a do céu? Não pensaste que, após cinco anos, cinco anos de febre e de insônias, de esperar e desesperar, de vida por ti, de saudades e agonia, fora o inferno ver-te para deixar-te?

— Compaixão, Arnold! É preciso que esse adeus seja longo como a vida. Vês, minha sina é negra: nas minhas lembranças há uma nódoa torpe... Hoje! É o leito venal... Amanhã! Só espero o leito do túmulo! Arnold! Arnold!

— Não me chames Arnold! Chama-me Artur, como dantes. Artur! Não ouves? Chama-me assim! Há tanto tempo que não ouço me chamarem por esse nome!... Eu era um louco! Quis afogar meus pensamentos e vaguei pelas cidades e pelas montanhas, deixando em toda parte lágrimas... nas cavernas solitárias, nos campos silenciosos e nas mesas molhadas de vinho! Vem, Giórgia! Senta-te aqui, senta-te nos meus joelhos, bem aconchegada a meu coração... tua cabeça no meu ombro! Vem! Um beijo! Quero sentir ainda uma vez o perfume que respirava outrora nos teus lábios. Respire-o eu e morra depois!... Cinco anos! Oh! Tanto tempo a esperar-te, a desejar uma hora no teu seio! Depois... escuta... tenho tanto a dizer-te! Tantas lágrimas a derramar no teu colo! Vem! E dir-te-ei toda a minha história! Minhas ilusões de amante e as noites malditas da crápula e o tédio que me inspiravam aqueles beiços frios das vendidas que me beijavam! Vem! Contar-te-ei tudo isto, dir-te-ei como profanei minha alma e meu passado... e choraremos juntos... e nossas lágrimas nos lavarão como a chuva lava as folhas do lodo!

— Obrigada, Artur! Obrigada!

A mulher sufocava-se nas lágrimas, e o mancebo murmurava entre beijos palavras de amor.

— Escuta, Artur, eu vinha só dizer-te adeus! Da borda do meu túmulo; e depois contente fecharia eu mesma a porta dele... Artur, eu vou morrer!

Ambos choravam.

— Agora vê — continuou ela. Acompanha-me: vês aquele homem?

Arnold tomou a lanterna.

— Johann! Morto! Sangue de Deus! Quem o matou?

— Giórgia! Era ele um infame. Foi ele quem deixou por morto um mancebo a quem esbofeteara numa casa de jogo. Giórgia, a prostituta! Vingou nele Giórgia, a virgem! Esse homem foi quem a desonrou! Desonrou-a... a ela que era sua irmã!

— Horror! Horror!

E o moço virou a cara e cobriu-a com as mãos.

A mulher ajoelhou-se a seus pés.

— E agora adeus! Adeus que morro! Não vês que fico lívida, que meus olhos se empanam e tremo... e desfaleço?

— Não! Eu não partirei. Se eu vivesse amanhã, haveria uma lembrança horrível em meu passado...

— E não tens medo? Olha! É a morte que vem! É a vida que crepuscula em minha fronte. Não vês esse arrepio entre minhas sobrancelhas?...

— E que me importa o sonho da morte? Meu porvir amanhã seria terrível; e à cabeça apodrecida do cadáver não ressoam lembranças; seus lábios gruda-os a morte; a campa é silenciosa. Morrerei!

A mulher recuava... recuava. O moço tomou-a nos braços, pregou os lábios nos dela... Ela deu um grito e caiu-lhe das mãos. Era horrível de ver-se. O moço tomou o punhal, fechou os olhos, apertou-o no peito e caiu sobre ela. Dois gemidos sufocaram-se no estrondo do baque de um corpo...

A lâmpada apagou-se.

❖

MACÁRIO

Puff[1]

Criei para mim algumas ideias teóricas sobre o drama. Algum dia, se houver tempo e vagar, talvez as escreva e dê a lume.

O meu protótipo seria alguma coisa entre o teatro inglês, o teatro espanhol e o teatro grego: a força das paixões ardentes de Shakespeare, de Marlowe e Otway, a imaginação de Calderon de la Barca e Lope de Vega, e a simplicidade de Ésquilo e Eurípedes; alguma coisa como Goethe sonhou, e cujos elementos eu iria estudar numa parte dos dramas dele, em *Goetz de Berlichingen, Clavijo, Egmont*, no episódio da Margarida de *Fausto* e a outra na simplicidade ática de sua *Ifigênia*. Estudá-lo-ia talvez em Schiller, nos dois dramas do *Wallenstein*, nos *Salteadores*, no *D. Carlos*; estudá-lo-ia ainda na *Noiva de Messina* com seus coros, com sua tendência à regularidade.

É um tipo talvez novo, que não se parece com o misticismo do teatro de Werner, ou as tragédias teogônicas de Oehlenschäger, e ainda menos com o de Kotzebue ou o de Victor Hugo e Dumas.

Não se pareceria com o de Ducis, nem com aquela tradução bastarda, verdadeira castração do *Otelo* de Shakespeare feita pelo poeta sublime do *Chatterton*, o conde Vigny. Quando não se tem alma adejante para emparelhar com o gênio vagabundo do autor de *Hamlet*, haja ao menos modéstia bastante para não querer emendá-lo.

---

[1] Segundo alguns estudiosos desta obra, este nome foi provavelmente inspirado no personagem Puff, de Barson, da peça *Henrique V*, de Shakespeare. (N. do E.)

Por isso o *Otelo* de Vigny é morto. Era uma obra de talento, mas devia ser um rasgo de gênio.

Emendá-lo! Pobres pigmeus que querem limar as monstruosidades do Colosso![2] Raça de Lilipute[3] que quereria aperfeiçoar os membros do gigante — disforme para eles — de Gulliver!

E digam-me: que é o disforme? Há aí um anão ou um gigante? Não é assim que eu o entendo. Haveria enredo, mas não a complicação exagerada da comédia espanhola. Haveria paixões, porque o peito da tragédia deve bater, deve sentir-se ardente; mas não requintaria o horrível, e não faria um drama daqueles que parecem feitos para reanimar corações de cadáveres, como a pilha galvânica as fibras nervosas do morto!

Não; o que eu penso é diverso. É uma grande ideia que talvez nunca realize. É difícil encerrar a torrente de fogo dos anjos decaídos de Milton ou o pântano de sangue e lágrimas do Alighieri dentro do pentâmetro de mármore da tragédia antiga. Contam que a primeira ideia de Milton foi fazer do *Paraíso perdido* uma tragédia, um mistério... não sei o quê... Não o pôde: o assunto transbordava, crescia, a torrente se tornava num oceano. É difícil marcar o lugar onde para o homem e começa o animal, onde cessa a alma e começa o instinto, onde a paixão se torna ferocidade. É difícil marcar onde deve parar o galope do sangue nas artérias, e a violência da dor no crânio. Contudo deve haver — e o há — um limite às expansões do autor para que não haja exagero, nem degenere num papel de fera o papel de homem. O *Pobre idiota* tem esse defeito entre mil outros. A cena do subterrâneo é interessante, mas é de um interesse semelhante àquele que excitava o *Jocko ou o homem dos matos*, aquele macaco representado por Morietti que fazia chorar a plateia.

O *Pobre idiota* representa o idiotismo do homem caído na animalidade. O ator fez o papel que devia: não exagerou; representou a fera

---

[2] Colosso de Rodes é uma das Sete Maravilhas do Mundo Antigo. Era uma estátua do deus grego do Sol, Hélios, de trinta metros de altura, de bronze, feita pelo escultor Carés, entre 292 a.C. e 280 a.C. Ao cabo de cinquenta e cinco anos, porém, um terremoto que atingiu a Ilha de Rodes o derrubou. (N. do E.)

[3] Lilipute é o lugar fictício da obra *Viagens de Gulliver*, escrita pelo autor irlandês Jonathan Swift (1667-1745), cujos nativos eram espantosamente pequenos. (N. do E.)

na sua fúria, uma fera onde por um enxerto caprichoso do imitador de Hauser[4] havia um amor poético por uma flor e uma estampa.

A vida é só a vida! Mas a vida tumultuosa, férvida, anelante, às vezes sangrenta. Eis o drama. Se eu escrevesse, se minha pena se desvairasse na paixão, eu a deixaria correr assim: Iago enganaria o Mouro, trairia Cássio, perderia Desdêmona e desfrutaria a bolsa de Rodrigo. Cássio seria apunhalado na cena. Otelo sufocaria sua veneziana com o travesseiro, escondê-la-ia com o cortinado quando entrasse Emília; chamaria sua esposa — *a whore*[5] — e gabar-se-ia de seu feito. O *honest, most honest*[6] Iago viria ver a sua vítima, Emília soluçando a mostraria ao demônio; o africano delirante, doido de amor, doido de a ter morto, morreria beijando os lábios pálidos da veneziana. Hamlet no cemitério conversaria com os coveiros, ergueria do chão a caveira de Yorick, o truão; Ofélia, coroada de flores, cantaria insana as baladas obscenas do povo; Laertes apertaria nos braços o cadáver da pobre louca. Orlando no *What you will* penduraria suas rimas de Rosalinda nos arvoredos dos Cevennes. Isto seria tudo assim.

Se eu imaginasse o Otelo, seria com todo o seu esgar, seu desvario selvagem, com aquela forma irregular que revela a paixão do sangue e que as nódoas de sangue quando caem no chão não têm forma geométrica. As agonias da paixão, do desespero e do ciúme ardente quando coam num sangue tropical não se derretem em alexandrinos, não se modulam nas falas banais dessa poesia de convenção que se chama conveniências dramáticas.

Mas, se eu imaginasse primeiro a minha ideia, se a não escrevesse como um sonâmbulo, ou como falava a pitonisa convulsa agitando-se na trípode, se pudesse, antes de fazer meu quadro, traçar as linhas no painel, fá-lo-ia regular como um templo grego ou como a Atália arquétipa de Racine.

---

[4] Kaspar Hauser foi uma criança abandonada, de origem desconhecida, que aos, aproximadamente, quinze anos, em maio de 1828, foi encontrada em uma praça pública, em Nuremberg, Alemanha.

Tendo passado todo o período anterior de sua vida aprisionado em uma cela, sem contato com o mundo exterior, aprendeu, contudo, a falar, mas não conseguia distinguir sonho de realidade, nem elaborar uma série de raciocínios e conceitos. (N. do E.)

[5] Em inglês, uma prostituta. (N. do E.)

[6] Em inglês, "O muito honesto". (N. do E.)

São duas palavras estas; mas estas duas palavras têm um fim: é declarar que o meu tipo, a minha teoria, a minha utopia dramática não é esse drama que aí vai. Esse é apenas como tudo que até hoje tenho esboçado, como um romance que escrevi numa noite de insônia, como um poema que cismei numa semana de febre, uma aberração dos princípios da ciência, uma exceção às minhas regras mais íntimas e sistemáticas. Esse drama é apenas uma inspiração confusa, rápida, que realizei à pressa como um pintor febril e trêmulo.

Vago como uma aspiração espontânea, incerto como um sonho; como isso o dou, tenham-no por isso.

Quanto ao nome, chamem-no drama, comédia, dialogismo; não importa. Não o fiz para o teatro; é um filho pálido dessas fantasias que se apoderam do crânio e inspiram a *Tempestade* a Shakespeare, *Beppo* e o IX canto de *D. Juan* a Byron, que fazem escrever *Annunzziata*, e o *Conto de Antônia* a quem é Hoffmann, ou *Fantasio* ao poeta de *Namouna*.[7]

❖

[7] Afred de Musset (1810-1857), poeta, dramaturgo e novelista francês. (N. do E.)

Primeiro episódio

Numa estalagem de estrada

MACÁRIO[1] (*Falando para fora.*)

Olá, mulher da venda! Ponham-me na sala uma garrafa de vinho. Façam a cama, e mandem-me ceia: palavra de honra que estou com fome! Deem alguma ponta de charuto ao burro, que está suado como um frade bêbado! Sobretudo não esqueçam o vinho!

UMA VOZ

Há aguardente unicamente, mas boa.

MACÁRIO

Aguardente! Pensas que sou algum jornaleiro?... Andar seis léguas e sentir-se com a goela seca! Oh! Mulher maldita! Aposto que também não tens água?

A MULHER

E pura, senhor! Corre ali embaixo uma fonte que é limpa como o vidro e fria como uma noite de geada. (*Sai.*)

---

[1] Embora não haja certeza a respeito, pode ser que esse nome tenha sido inspirado no nome de Robert Macaire, personagem de *Auberge des Adrets* (1823), peça de Benjamin Antier. (N. do E.)

MACÁRIO
Eis aí o resultado das viagens. Um burro frouxo, uma garrafa vazia. (*Tira uma garrafa do bolso.*) Conhaque! És um belo companheiro de viagem. És silencioso como um vigário em caminho, mas no silêncio que inspiras, como nas noites de luar, ergue-se às vezes um canto misterioso que enleva! Conhaque! Não te ama quem não te entende! Não te amam essas bocas femininas acostumadas ao mel enjoado da vida, que não anseiam prazeres desconhecidos, sensações mais fortes. E eis-te aí vazia, minha garrafa! Vazia como mulher bela que morreu! Hei de fazer-te uma nênia.

E não ter nem um gole de vinho! Quando não há o amor, há o vinho; quando não há o vinho, há o fumo; e quando não há amor, nem vinho, nem fumo, há o *spleen*. O *spleen* encarnado na sua forma mais lúgubre naquela velha taverneira repassada de aguardente que tresanda.

(*Entra a mulher com uma bandeja.*)

A MULHER
Eis aqui a ceia.

MACÁRIO
Ceia! Que diabo de comida verde é essa? Será algum feixe de capim? Leva para o burro.

A MULHER
São couves...

MACÁRIO
Leva para o burro.

A MULHER
É fritado em toucinho...

MACÁRIO
Leva para o burro com todos os diabos! (*Atira-lhe o prato na cabeça. A mulher sai. Macário come.*)

UM DESCONHECIDO (*Entrando.*)
Boa noite, companheiro.

MACÁRIO (*Comendo.*)
Boa noite.

O DESCONHECIDO
Tendes um apetite!...

MACÁRIO
Entendo-vos. Quereis comer? Sentai-vos. Quereis conversar? Esperai um pouco.

O DESCONHECIDO
Esperarei. (*Senta-se.*)

MACÁRIO (*Comendo.*)
Parece-me que não é a primeira vez que vos encontro. Quando a noite caía, ao subir da garganta da serra...

O DESCONHECIDO
Um vulto com um ponche vermelho e preto roçou a bota por vossa perna...

MACÁRIO
Tal e qual... por sinal que era fria como o focinho de um cão.

O DESCONHECIDO
Era eu.

MACÁRIO
Há um lugar em que estende-se um vale cheio de grama. À direita corre uma torrente que corta a estrada pela frente... Há uma ladeira mal calçada que se perde pelo mato...

O DESCONHECIDO
Aí encontrei-vos outra vez... A propósito, não bebeis?

MACÁRIO
Pois não sabeis? Essa maldita mulher só tem aguardente; e eu, que sou capaz de amar a mulher do povo como a filha da aristocracia, não posso beber o vinho do sertanejo...

O DESCONHECIDO
(*Tira uma garrafa do bolso e derrama vinho no copo de Macário.*)

MACÁRIO
Vinho! (*Bebe.*) À fé que é vinho de Madeira! A vossa saúde, cavaleiro!

O DESCONHECIDO
À vossa. (*Tocam os copos.*)

MACÁRIO
Tendes as mãos tão frias!

O DESCONHECIDO
É da chuva. (*Sacode o ponche.*) Vede: estou molhado até os ossos!

MACÁRIO
Agora acabei: conversemos...

O DESCONHECIDO
Vistes-me duas vezes. Eu vos vi ainda outra vez. Era na serra, no alto da serra. A tarde caía, os vapores azulados do horizonte se escureciam. Um vento frio sacudia as folhas da montanha. E vós contempláveis a tarde que caía. Além, nesse horizonte, o mar como uma linha azul orlada de escuma e de areia... e no vale, como bando de gaivotas brancas sentadas num paul, a cidade que algumas horas antes tínheis deixado. Daí vossos olhares se recolhiam aos arvoredos que vos rodeavam, ao precipício cheio das flores azuladas e vermelhas das trepadeiras, às torrentes que mugiam no fundo do abismo, e defronte víeis aquela cachoeira imensa que espedaça suas águas amareladas, numa chuva de escuma, nos rochedos negros do seu leito. E olháveis tudo isso com um ar perfeitamente romântico. Sois poeta?

MACÁRIO
Enganai-vos. Minha mula estava cansada. Sentei-me ali para descansá-la. Esperei que o fresco da neblina a reforçasse. Nesse tempo divertia-me em atirar pedras no despenhadeiro e contar os saltos que davam.

O DESCONHECIDO
É um divertimento agradável.

MACÁRIO
Nem mais nem menos que cuspir num poço, matar moscas, ou olhar para a fumaça de um cachimbo... A minha mala... (*Chega à janela.*) Ó mulher da casa! Olá! Ó de casa!

UMA VOZ (*De fora.*)
Senhor!

MACÁRIO
Desate a mala de meu burro e tragam-ma aqui...

A VOZ
O burro?

MACÁRIO
A mala, burro!

A VOZ
A mala com o burro?

MACÁRIO
Amarra a mala nas tuas costas e amarra o burro na cerca.

A VOZ
O senhor é o moço que chegou primeiro?

MACÁRIO
Sim. Mas vai ver o burro.

A VOZ
Um moço que parece estudante?

MACÁRIO
Sim. Mas anda com a mala.

A VOZ
Mas como hei de ir buscar a mala? Quer que vá a pé?

MACÁRIO
Esse diabo é doido! Vai a pé, ou monta numa vassoura como tua mãe!

A VOZ
Descanse, moço. O burro há de aparecer. Quando madrugar iremos procurar.

OUTRA VOZ
Havia de ir pelo caminho de nhô Quito. Eu conheço o burro...

MACÁRIO
E minha mala?

A VOZ
Não vê? Está chovendo a potes!...

MACÁRIO (*Fecha a janela.*)
Malditos! (*Atira com uma cadeira no chão.*)

O DESCONHECIDO
Que tendes, companheiro?

MACÁRIO
Não vedes? O burro fugiu...

O DESCONHECIDO
Não será quebrando cadeiras que o chamareis...

MACÁRIO
Porém a raiva...

O DESCONHECIDO
Bebei mais um copo de Madeira. (*Bebem.*) Levais decerto alguma preciosidade na mala? (*Sorri-se.*)

MACÁRIO
Sim...

O DESCONHECIDO
Dinheiro?

MACÁRIO
Não, mas...

O DESCONHECIDO
A coleção completa de vossas cartas de namoro, algum poema em borrão, alguma carta de recomendação?

MACÁRIO
Nem isso, nem aquilo... Levo...

O DESCONHECIDO
A mala não pareceu-me muito cheia. Senti alguma coisa sacolejar dentro. Alguma garrafa de vinho?

MACÁRIO
Não! Não! Mil vezes não! Não concebeis, uma perda imensa, irreparável... era o meu cachimbo...

O DESCONHECIDO
Fumais?

MACÁRIO
Perguntai de que serve o tinteiro sem tinta, a viola sem cordas, o copo sem vinho, a noite sem mulher... não me pergunteis se fumo!

O DESCONHECIDO (*Dá-lhe um cachimbo.*)
Eis aí um cachimbo primoroso. É de pura escuma de mar. O tubo é de pau de cereja. O bocal é de âmbar.

MACÁRIO
Bofé! Uma sultana o fumaria! E fumo?

O DESCONHECIDO
É uma invenção nova. Dispensa-o. Acendei-o na vela. (*Macário acende.*)

MACÁRIO
E vós?

O DESCONHECIDO
Não vos importeis comigo. (*Tira outro cachimbo e fuma.*)

MACÁRIO
Sois um perfeito companheiro de viagem. Vosso nome?

O DESCONHECIDO
Perguntei-vos o vosso?

MACÁRIO
O caso é que é preciso que eu pergunte primeiro. Pois eu sou um estudante. Vadio ou estudioso, talentoso ou estúpido, pouco importa. Duas palavras só: amo o fumo e odeio o Direito Romano. Amo as mulheres e odeio o romantismo.

O DESCONHECIDO
Tocai! Sois um digno rapaz. (*Apertam a mão.*)

MACÁRIO
Gosto mais de uma garrafa de vinho que de um poema; mais de um beijo que do soneto mais harmonioso. Quanto ao canto dos passarinhos, ao luar sonolento, noites límpidas, acho isso sumamente insípido. Os passarinhos sabem só uma cantiga. O luar é sempre o mesmo. Esse mundo é monótono a fazer morrer de sono.

O DESCONHECIDO
E a poesia?

MACÁRIO
Enquanto era a moeda de ouro que corria só pela mão do rico, ia muito bem. Hoje trocou-se em moeda de cobre; não há mendigo, nem caixeiro de taverna que não tenha esse vintém azinhavrado. Entendeis-me?

O DESCONHECIDO
Entendo. A poesia, de popular, tornou-se vulgar e comum. Antigamente faziam-na para o povo; hoje o povo fá-la... para ninguém...

MACÁRIO (*Bebe*.)
Eu vos dizia pois... Onde tínhamos ficado?

O DESCONHECIDO
Não sei. Parece-me que falávamos sobre o papa.

MACÁRIO
Não sei: creio que o vosso vinho subiu-me à cabeça. Puah! Vosso cachimbo tem sarro que tresanda!

O DESCONHECIDO
Sois triste, moço... Palavra, que eu desejaria ver uma poesia vossa.

MACÁRIO
Por quê?

O DESCONHECIDO
Porque havia de ser alegre como Arlequim assistindo a seu enterro...

MACÁRIO
Poesias a quê?

O DESCONHECIDO
À luz, ao céu, ao mar...

MACÁRIO
Primeiramente o mar é uma coisa soberanamente insípida... O enjoo é tudo quanto há de mais prosaico. Sou daqueles de quem fala o corsário de Byron "*whose soul would sicken over the heaving wave*".[2]

O DESCONHECIDO
E enjoais a bordo?

---

[2] "Sua alma adoeceira sobre a onda encapelada?" *O corsário* é um drama escrito por Lorde Byron (1788-1824). (N. do E.)

MACÁRIO
É a única semelhança que tenho com D. Juan.

O DESCONHECIDO
Modéstia!

MACÁRIO
Pergunta à taverneira se apertei-lhe o cotovelo, pisquei-lhe o olho, ou pus-lhe a mão nas tetas...

O DESCONHECIDO
Um dragão!

MACÁRIO
Uma mulher! Todas elas são assim. As que não são assim por fora o são por dentro. Algumas em falta de cabelos na cabeça os têm no coração. As mulheres são como as espadas, às vezes a bainha é de ouro e de esmalte, e a folha é ferrugenta.

O DESCONHECIDO
Falas como um descrido, como um saciado! E contudo ainda tens os beiços de criança! Quantos seios de mulher beijaste além do seio de tua ama de leite? Quantos lábios além dos de tua irmã?

MACÁRIO
A vagabunda que dorme nas ruas, a mulher que se vende corpo e alma, porque sua alma é tão desbotada como seu corpo, te digam minhas noites. Talvez muita virgem tenha suspirado por mim! Talvez agora mesmo alguma donzela se ajoelhe na cama e reze por mim!

O DESCONHECIDO
Na verdade és belo. Que idade tens?

MACÁRIO
Vinte anos. Mas meu peito tem batido nesses vinte anos tantas vezes como o de um outro homem em quarenta.

O DESCONHECIDO
E amaste muito?

MACÁRIO
Sim e não. Sempre e nunca.

O DESCONHECIDO
Fala claro.

MACÁRIO
Mais claro que o dia. Se chamas o amor a troca de duas temperaturas, o aperto de dois sexos, a convulsão de dois peitos que arquejam, o beijo de duas bocas que tremem, de duas vidas que se fundem... tenho amado muito e sempre!... Se chamas o amor o sentimento casto e puro que faz cismar o pensativo, que faz chorar o amante na relva onde passou a beleza, que adivinha o perfume dela na brisa, que pergunta às aves, à manhã, à noite, às harmonias da música, que melodia é mais doce que sua voz; e ao seu coração, que formosura mais divina que a dela... eu nunca amei. Ainda não achei uma mulher assim. Entre um charuto e uma chávena de café lembro-me às vezes de alguma forma divina, morena, branca, loura, de cabelos castanhos ou negros. Tenho-as visto que fazem empalidecer... e meu peito parece sufocar... meus lábios se gelam, minha mão se esfria... Parece-me então que, se aquela mulher que me faz estremecer assim, soltasse sua roupa de veludo e me deixasse pôr os lábios sobre seu seio um momento, eu morreria num desmaio de prazer! Mas depois desta vem outra, mais outra, e o amor se desfaz numa saudade que se desfaz no esquecimento. Como eu te disse, nunca amei.

O DESCONHECIDO
Ter vinte anos e nunca ter amado! E para quando esperas o amor?

MACÁRIO
Não sei. Talvez eu ame quando estiver impotente!

O DESCONHECIDO
E o que exigirias para a mulher de teus amores?

MACÁRIO
Pouca coisa. Beleza, virgindade, inocência, amor...

O DESCONHECIDO (*Irônico.*)
Mais nada?

MACÁRIO
Notai que por beleza indico um corpo benfeito, arredondado, cetinoso, uma pele macia e rosada, um cabelo de seda frouxa, e uns pés mimosos...

O DESCONHECIDO
Quanto à virgindade?

MACÁRIO
Eu a quereria virgem na alma como no corpo. Quereria que ela nunca tivesse sentido a menor emoção por ninguém. Nem por um primo, nem por um irmão... Que Deus a tivesse criado adormecida n'alma até ver-me, como aquelas princesas encantadas dos contos que uma fada adormecerá por cem anos. Quereria que um anjo a cobrisse sempre com seu véu, e a banhasse todas as noites do seu óleo divino para guardá-la santa!... Quereria que ela viesse criança transformar-se em mulher nos meus beijos.

O DESCONHECIDO
Muito bem, mancebo! E esperas essa mulher?

MACÁRIO
Quem sabe!

O DESCONHECIDO
E é no lodo da prostituição que hás de encontrá-la?

MACÁRIO
Talvez! É no lodo do oceano que se encontram as pérolas...

O DESCONHECIDO
Em mau lugar procuras a virgindade! É mais fácil achar uma pérola na casa de um joalheiro que no meio das areias do fundo do mar.

MACÁRIO
Quem sabe!...

O DESCONHECIDO
Duvidas pois?

MACÁRIO
Duvido sempre. Descreio às vezes. Parece-me que este mundo é um logro. O amor, a glória, a virgindade, tudo é uma ilusão.

O DESCONHECIDO
Tens razão: a virgindade é uma ilusão! Qual é mais virgem, aquela que é deflorada dormindo, ou a freira que ardente de lágrimas e desejos se revolve no seu catre rompendo com as mãos sua roupa de morte, lendo algum romance impuro?

MACÁRIO
Tens razão: a virgindade d'alma pode existir numa prostituta, e não existir numa virgem de corpo. Há flores sem perfume, e perfume sem flores. Mas eu não sou como os outros. Acho que uma taça vazia pouco vale, mas não beberia o melhor vinho numa xícara de barro.

O DESCONHECIDO
E contudo bebes o amor nos lábios de argila da mulher corrupta!

MACÁRIO
O amor? Quem te disse que era o amor? É uma fome impura que se sacia. O corpo faminto é como o conde Ugolino[3] na sua torre, morderia até num cadáver.

O DESCONHECIDO
Tua comparação é exata. A meretriz é um cadáver.

MACÁRIO
Vale-nos ao menos que sobre seu peito não se morre de frio!

O DESCONHECIDO
Admira-me uma coisa. Tens vinte anos: deverias ser puro como um anjo, e és devasso como um cônego!

MACÁRIO
Não é que eu não voltasse meus sonhos para o céu. A cisterna

---

[3] Conde Ugolino é um personagem da *Divina comédia*, de Dante.

também abre seus lábios para Deus, e pede-lhe uma água pura — e o mais das vezes só tem lodo. Palavra de honra, que às vezes quero fazer-me frade.

O DESCONHECIDO
Frade! Para quê?

MACÁRIO
É uma loucura. Enche esse copo. (*Bebe.*) Pela Virgem Maria! Tenho sono. Vou dormir.

O DESCONHECIDO
E eu também. Boa noite.

MACÁRIO
Ainda uma vez, antes de dormir, o teu nome?

O DESCONHECIDO
Insistes nisso?

MACÁRIO
De todo o meu coração. Sou filho de mulher.

O DESCONHECIDO
Aperta minha mão. Quero ver se tremes nesse aperto ouvindo meu nome.

MACÁRIO
Juro-te que não, ainda que fosses...

O DESCONHECIDO
Aperta minha mão. Até sempre, na vida e na morte!

MACÁRIO
Até sempre, na vida e na morte!

O DESCONHECIDO
E o teu nome?

MACÁRIO

Macário. Se não fosse enjeitado, dir-te-ia o nome do meu pai e o de minha mãe. Era de certo alguma libertina. Meu pai, pelo que penso, era padre ou fidalgo.

O DESCONHECIDO

Eu sou o diabo. Boa noite, Macário.

MACÁRIO

Boa noite, Satã. (*Deita-se. O desconhecido sai.*) O diabo! Uma boa fortuna! Há dez anos que eu ando para encontrar esse patife! Desta vez agarrei-o pela cauda! A maior desgraça deste mundo é ser Fausto sem Mefistófeles...[4] Olá, Satã!

SATÃ

Macário...

MACÁRIO

Quando partimos?

SATÃ

Tens sono?

MACÁRIO

Não.

SATÃ

Então já.

MACÁRIO

E o meu burro?

SATÃ

Irás na minha garupa.

* * *

[4] Fausto e Mefistófeles são personagens de *Fausto*, de Goethe. (N. do E.)

Num caminho

(*Satã montado num burro preto; Macário na garupa.*)

MACÁRIO
Para um pouco teu burro.

SATÃ
Não queres chegar?

MACÁRIO
É que ele tem um trote inglês de desesperar os intestinos.

SATÃ
E contudo este burro descende em linha reta do burro em que fez a sua entrada em Jerusalém o filho do velho carpinteiro José. Vês pois que é fidalgo como um cavalo árabe.

MACÁRIO
Tudo isso não prova que ele não trota danadamente. Falta-nos muito para chegar?

SATÃ
Não. Daqui a cinco minutos podemos estar à vista da cidade. Hás de vê-la desenhando no céu suas torres escuras e seus casebres tão pretos de noite como de dia: iluminada, mas sombria como uma eça de enterro.

MACÁRIO
Tenho ânsia de lá chegar. É bonita?

SATÃ *(Boceja).*
Ah! É divertida.

MACÁRIO
Por acaso também há mulheres ali?

SATÃ
Mulheres, padres, soldados e estudantes. As mulheres são mulheres, os padres são soldados, e os soldados são padres, os estudantes

são estudantes; para falar mais claro, as mulheres são lascivas, os padres dissolutos, os soldados ébrios, os estudantes vadios. Isto salvo honrosas exceções, por exemplo, de amanhã em diante, tu.

MACÁRIO
Esta cidade deveria ter o teu nome.

SATÃ
Tem o de um santo: é quase o mesmo. Não é o hábito que faz o monge. Demais, essa terra é devassa como uma cidade, insípida como uma vila, e pobre como uma aldeia. Se não estás reduzido a dar-te ao pagode, a suicidar-te de *spleen*, ou alumiar-te a rolo, não entres lá. É a monotonia do tédio. Até as calçadas!

MACÁRIO
Que têm?

SATÃ
São intransitáveis. Parecem encastoadas as tais pedras. As calçadas do inferno são mil vezes melhores. Mas o pior da história é que as beatas e os cônegos cada vez que saem, a cada topada, blasfemam tanto com o rosário na mão que já estou enjoado. Admiras-te? Por que abres essa boca espantada? Antigamente o diabo corria atrás dos homens, hoje são eles que rezam pelo diabo. Acredita que faço-te um favor muito grande em preferir-te à moça de um frade que me trocaria pelo seu Menino Jesus, e a um cento de padres que dariam a alma, que já não têm, por uma candidatura.

MACÁRIO
Mas, como dizias, as mulheres...

SATÃ
Debaixo do pano luzidio da mantilha, entre a renda do véu, com suas faces cor-de-rosa, olhos e cabelos pretos (e que olhos e que longos cabelos!) são bonitas. Demais, são beatas como uma bisavó, e sabem a arte moderna de entremear uma ave-maria com um namoro; e soltando uma conta do rosário lançar uma olhadela.

MACÁRIO
Oh! A mantilha acetinada! Os olhares de andaluza! E a tez fresca

como uma rosa! Os olhos negros, muito negros, entre o véu de seda dos cílios!... Apertá-las ao seio com seus ais, seus suspiros, suas orações entrecortadas de soluços, beijar-lhes o seio palpitante e a cruz que se agita no seu colo, apertar-lhes a cintura, e sufocar-lhes nos lábios uma oração... deve ser delicioso!

SATÃ
Ta! tá! tá!... Que ladainha... parece que já estás enamorado, meu Dom Quixote, antes de ver as Dulcineias!

MACÁRIO
Que boa terra! É o paraíso de Mafoma![5]

SATÃ
Mas as moças poucas vezes têm bons dentes. A cidade colocada na montanha, envolta de várzeas relvosas, tem ladeiras íngremes e ruas péssimas. É raro o minuto em que não se esbarra a gente com um burro ou com um padre. Um médico que ali viveu e morreu deixou escrito numa obra inédita, que para sua desgraça o mundo não há de ler, que a virgindade era uma ilusão. E contudo não há em parte alguma mulheres que tenham sido mais vezes virgens que ali.

MACÁRIO
Têm-se-me contado muito bonitas histórias. Dizem na minha terra que aí, à noite, as moças procuram os mancebos que lhes batem à porta, e na rua os puxam pelo capote. Deve ser delicioso! Quanto a mim, quadra-me essa vida excelentemente; nem mais nem menos que um sultão escolherei entre essas belezas, vagabundas, a mais bela. Aplicarei contudo o ecletismo ao amor. Hoje uma, amanhã outra: experimentarei todas as taças. A mais doce embriaguez é a que resulta da mistura dos vinhos.

SATÃ
A única que tu ganharás será nojenta. Aquelas mulheres são repulsivas. O rosto é macio, os olhos lânguidos, o seio morno... Mas o corpo é imundo. Têm uma lepra que ocultam num sorriso. Bufarinheiras de infâmia dão em troco do gozo o veneno da sífilis. Antes amar uma lazarenta!

---

[5] Maomé. (N. do E.)

MACÁRIO
És o diabo em pessoa. Para ti nada há bom. Pelo que vejo, na criação só há uma perfeição, a tua. Tudo o mais nada vale para ti. Substância da soberba, ris de tudo o mais embuçado no teu desdém. Há uma tradição, que quando Deus fez o homem, veio Satã; achou a criatura adormecida, apalpou-lhe o corpo: achou-o perfeito, e deitou aí as paixões.

SATÃ
Essa história é uma mentira. O que Satã pôs aí foi o orgulho. E o que são vossas virtudes humanas senão a encarnação do orgulho?

MACÁRIO
Oh! Ali vejo luzes ao longe. Uma montanha oculta no horizonte. Disséreis um pântano escuro cheio de fogos errantes. Por que paras o teu animal?

SATÃ
Tenho uma casa aqui na entrada da cidade. Entrando à direita, defronte do cemitério. Sturm, meu pajem, lá está preparando a ceia. Levanta-te sobre meus ombros: não vês naquele palácio uma luz correr uma por uma as janelas? Sentiram a minha chegada.

MACÁRIO
Que ruínas são estas? É uma igreja esquecida? A lua se levanta ao longe nas montanhas. Sua luz horizontal banha o vale, e branqueia os pardieiros escuros do convento. Não mora ali ninguém? Eu tinha desejo de correr aquela solidão.

SATÃ
É uma propensão singular a do homem pelas ruínas. Devia ser um frade bem sombrio, ébrio de sua crença profunda, o jesuíta que aí lançou nas montanhas a semente dessa cidade. Seria o acaso quem lhe pôs no caminho, à entrada mesmo, um cemitério à esquerda e umas ruínas à direita?

MACÁRIO
Se quisesse, Satã, podíamos descer pelo despenhadeiro, e ir ter lá embaixo, enquanto Sturm prepara a ceia.

SATÃ
Não, Macário. Minha barriga está seca como a de um eremita; deves também ter fome. Molhar os pés no orvalho não deve ser bom para quem vem de viagem. Vamos cear. Daqui a pouco o luar estará claro e poderemos vir.

MACÁRIO
Fiat voluntas tua.[6]

SATÃ
Amen!

Ao luar

(*Junto de uma janela está uma mesa.*)

SATÃ
Então, não bebes, Macário? Que tens, que estás pensativo e sombrio? Olha, desgraçado, é verdadeiro vinho do Reno que desdenhas!

MACÁRIO
E tu és mesmo Satã?

SATÃ
É nisso que pensavas? És uma criança. De certo que querias ver-me nu e ébrio como Calibã,[7] envolto no tradicional cheiro de enxofre! Sangue de Baco! Sou o diabo em pessoa! Nem mais nem menos: porque tenha luvas de pelica, e ande de calças à inglesa, e tenha os olhos tão azuis como uma alemã! Queres que to jure pela Virgem Maria?

MACÁRIO (*bebe.*)
Este vinho é bom. Quando se têm três garrafas de Johannisberg na cabeça, sente-se a gente capaz de escrever um poema. O poeta

---

[6] Em latim, "Seja feita a sua vontade". (N. do E.)
[7] Calibã é um personagem de *A tempestade*, de Shakespeare. (N. do E.)

árabe bem o disse: "O vinho faz do poeta um príncipe, e do príncipe um poeta". Sabes quem inventou o vinho?

SATÃ
É uma bela coisa o vapor de um charuto! E demais, o que é tudo no mundo senão vapor? A adoração é incenso e o incenso o que é? O amor é o vapor do coração que embebeda os sentidos. Tu o sabes, a glória é fumaça.

MACÁRIO
Sim. É belo fumar! O fumo, o vinho e as mulheres! Sabes... há ocasião em que me dão venetas de viver no Oriente.

SATÃ
Sim... o Oriente! Mas que achas de tão belo naqueles homens que fumam sem falar, que amam sem suspirar? É pelo fumo? Fuma aqui... vê, o luar está belo: as nuvens do céu parecem a fumaça do cachimbo do onipotente que resfolga dormindo. Pelas mulheres? Faze-te vigário de freguesia...

MACÁRIO
É uma coisa singular esta vida. Sabes que às vezes eu quereria ser uma daquelas estrelas para ver de camarote essa comédia que se chama o universo? Essa comédia onde tudo que há de mais estúpido é o homem que se crê um espertalhão? Vês aquele boi que rumina ali deitado sonolento na relva? Talvez seja um filósofo profundo que se ri de nós. A filosofia humana é uma vaidade. Eis aí, nós vivemos lado a lado, o homem dorme noite a noite com uma mulher; bebe, come, ama com ela, conhece todos os sinais de seu corpo, todos os contornos de suas formas; sabe todos os ais que ela murmura nas agonias do amor, todos os sonhos de pureza que ela sonha de noite, e todas as palavras obscenas que lhe escapam de dia... Pois bem, a esse homem que deitou-se mancebo com essa mulher ainda virgem, que a viu em todas as fases, em todos os seus crepúsculos, e acordou um dia com ela ambos velhos e impotentes, a esse homem, perguntai-lhe o que é essa mulher, ele não saberá dizê-lo! Ter volvido e revolvido um livro a ponto de manchar-lhe e romper-lhe as folhas, e não entendê-lo! Eis o que é a filosofia do homem! Há cinco mil anos que ele se abisma em si, e pergunta-se quem é, donde veio, onde vai, e o que tem mais juízo é aquele que moribundo crê que ignora!

SATÃ

Eis o que é profundamente verdade! Perguntai ao libertino que venceu o orgulho de cem virgens, e que passou outras tantas noites no leito de cem devassas, perguntai a D. Juan, a Hamlet ou ao Fausto o que é a mulher, e... nenhum o saberá dizer. E isso que te digo não é romantismo. Amanhã numa taverna poderás achar Romeu com a criada da estalagem, verás D. Juan com Julieta, Hamlet ou Fausto sob a casaca de um dândi. É que esses tipos são velhos e eternos como o sol. E a humanidade que os estuda desde os primeiros tempos ainda não entende esses míseros, cuja desgraça é não entender; e o sábio que os vê a seu lado deixa esse estudo para pensar nas estrelas; o médico que talvez foi moço de coração e amou e creu, e desesperou e descreu, ri-se das doenças da alma, e só vê a nostalgia na ruptura de um vaso, o amor concentrado quando se materializa numa tísica. Se Antony[8] ainda vive e deu-se à medicina é capaz de receitar uma dose de jalapa para uma dor íntima, um cautério para uma dor de coração!

MACÁRIO

Falas como um livro, como dizem as velhas. Só Deus ou tu sabes se o Ramée[9] ou D. César de Bazan,[10] Santa Teresa ou Marion Delorme,[11] o sábio ou o ignorante, Creso[12] ou Iro,[13] Goethe ou o mendigo ébrio que canta, entenderam a vida. Quem sabe onde está a verdade? Nos sonhos do poeta, nas visões do monge, nas canções obscenas do marinheiro, na cabeça do doido, na palidez do cadáver, ou no vinho ardente da orgia? Quem sabe?

SATÃ

És triste como um sino que dobra. Não falemos nisto. Fala-me antes na beleza de alguma virgem nua, na languidez de uns olhos

---

[8] Antony é personagem de *Antony*, drama de Alexandre Dumas. (N. do E.)

[9] Pierre de la Ramée, ou Petrus / Peter Ramus (1515-1572), filósofo e matemático francês. (N. do E.)

[10] No drama *Ruy Blas*, de Victor Hugo (1802-1885), o personagem que dá nome à obra, um plebeu, assume a falsa identidade de D. César de Bazan, para conquistar o coração da rainha. (N. do E.)

[11] Marion Delorme é personagem do drama de mesmo nome, escrito por Victor Hugo. (N. do E.)

[12] Creso (560-546 a.C.) foi um rei da Lídia. (N. do E.)

[13] Iro é um personagem da *Odisseia*. (N. do E.)

negros, na convulsão que te abala em alguma hora de deleite. A minha guitarra está ali: queres que te cante alguma modinha? Pela lua! Estás distraído como um fumador de ópio!

MACÁRIO

No que penso? Hás de rir se contar-te. É uma história fatal.

SATÃ

Deixa-me acender outro charuto... Muito bem. Conta agora. É algum romance?

MACÁRIO

Não: lembrei-me agora de uma mulher. Uma noite encontrei na rua uma vagabunda. A noite era escura. Eu ia pelas ruas à toa... Seguia. Ela levou-me à sua casa. Era um casebre. A cama era um catre; havia um colchão em cima, mas tão velho, tão batido, que parecia estar desfeito ao peso dos que aí haviam se revolvido. Deitei-me com ela. Estive algumas horas. Essa mulher não era bela: era magra e lívida. Essa alcova era imunda. Eu estava aí frio: o contato daquele corpo amolecido não me excitava sensações; e contudo eu mentia à minha alma, dando-lhe beijos. Eu saí dali. No outro dia de manhã voltei. A casa estava fechada. Bati. Não me responderam. Entrei. Uma mulher velha saiu-me ao encontro. Perguntei-lhe pela outra. "Silêncio!" — me disse a velha — "Está deitada ali no chão... Morreu esta noite..." E com um ar cínico... "Quereis vê-la? Está nua... vão amortalhá-la..."

SATÃ

Na verdade, é singular. E o nome dessa mulher?

MACÁRIO

Esqueci-o. Talvez amanhã eu to diga: amanhã ou depois... que importa um nome? E contudo essa misérrima com quem deitei-me uma noite, que pretendia ter o segredo da virgindade eterna de Marion Delorme, que me falava de *amanhã* com tanta certeza, que mercadejava sua noite de *amanhã* como vendera segunda vez a de seu *hoje*, e que decerto morreu pensando nos meios de excitar mais deleite, na receita da virgindade eterna que ela sabia como a antiga Marion Delorme, essa mulher... que esqueci como se esquecem os que são mortos, me fez ainda agora estremecer.

SATÃ

E quem sabe se aquela mulher a cujo lado estiveste não era a ventura?

MACÁRIO

Não te entendo.

SATÃ

Quem sabe se naquele pântano não encontrarias talvez a chave de ouro dos prazeres que deliram?

MACÁRIO

Quem sabe? Talvez.

SATÃ

É tarde. Agora é uma caveira a face que beijaste... uma caveira sem lábios, sem olhos e sem cabelos. O seio se desfez... Tudo isso é comum. É uma ideia velha, não? E quem sabe se sobre aquele cadáver não correram lágrimas de alguma esperança que se desvaneceu? Se com ela não se enterrou teu futuro de amor? Não gozaste aquela mulher?

MACÁRIO

Não.

SATÃ

Se ali ficasses mais alguma hora, talvez ela te morresse nos braços. Aquela agonia, o beijo daquela moribunda talvez te regenerasse. Da morte nasce muitas vezes a vida. Dizem que se a rabeca de Paganini[14] dava sons tão humanos, tão melodiosos, é que ele fizera passar a alma de sua mãe, de sua velha mãe moribunda, pelas cordas e pela caverna de seu instrumento. Sentes frio, que te embuças assim no teu capote?

---

[14] Niccolò Paganini (1782-1840) foi um virtuose na arte de tocar violino. Tão magistralmente o tocava que se criavam histórias fantásticas sobre seu talento, como, por exemplo, que este se devia a um pacto que fazia com o Diabo. (N. do E.)

MACÁRIO

Satã, fecha aquela janela. O ar da noite me faz mal. O luar me gela. Demais, senti nas folhagens ao longe um estremecer. Que som abafado é aquele ao longe? Dir-se-ia o arranco de um velho que estrebucha.

SATÃ

É a meia-noite. Não ouves?

MACÁRIO

Sim. É a meia-noite. A hora amaldiçoada; a hora que faz medo às beatas, e que acorda o ceticismo. Dizem que a essa hora vagam espíritos, que os cadáveres abrem os lábios inchados e murmuram mistérios. É verdade, Satã?

SATÃ

Se não tivesses tanto frio, eu te levaria comigo ao campo. Eu te adormeceria no cemitério e havias ter sonhos como ninguém os tem, e como os que os têm não querem crê-los.

MACÁRIO

Bem, muito bem. Irei contigo.

SATÃ

Vamos pois. Dá-me tua mão. Está fria como a de um defunto! Dentro em alguns momentos estaremos longe daqui. Dormirás esta noite um sono bem profundo.

MACÁRIO

O da morte?

SATÃ

Fundo como o do morto; mas acordarás, e amanhã lembrarás sonhos como um ébrio nunca vislumbrou.

MACÁRIO

Vamos: estou pronto.

SATÃ

Deixa-me beber um trago de curaçau. Vamos. A lua parou no céu.

Tudo dorme. É hora dos mistérios. Deus dorme no seio da criação como Ló no regaço incestuoso de sua filha. Só vela Satã.

* * *

(*Satã com a mão sobre o estômago de Macário, que está deitado sobre um túmulo.*)

SATÃ
Acorda!

MACÁRIO (*Estremece.*)
Ah! pensei nunca mais acordar! Que sono profundo!

SATÃ
Divertiste muito à noite, não?

MACÁRIO
É horrível! Horrível!

SATÃ
Fala.

MACÁRIO
Meu peito se exauriu. Meus lábios não podem transbordar estes mistérios.

SATÃ
Era pois muito medonho o que vias? Levanta-te daí.

MACÁRIO
Não posso. Quebrou-se meu corpo entre os braços do pesadelo. Não posso.

SATÃ
Liba esse licor: uma gota bastaria para reanimar um cadáver.

MACÁRIO (*Toca-o nos lábios.*)
Que fogo! Meu peito arde. Ah! Ah! Que dor!

SATÃ

Não sabes que para o metal bruto se derreter e cristalizar é mister um fogo ardente, ou a centelha magnética?

MACÁRIO

Que sonho! Era um ar abafado... sem nuvens e sem estrelas! Que escuridão! Ouvia-se apenas de espaço a espaço um baque como o de um peso que cai no mar e afunda-se... Às vezes vinha uma luz, como uma estrela ardente, cair e apagar-se naquela lagoa negra... Depois eu vi uma forma de mulher pensativa. Era nua... e seu corpo era perfeito como de um anjo, mas era lívido como o mármore. Seus olhos eram vidrados, os lábios brancos e as unhas roxeadas. Seu cabelo era louro, mas tinha uns reflexos de branco. Que dor desconhecida a gelara assim e lhe embranquecera os cabelos? Não o sei. Ela se erguia às vezes, cambaleando, estremecendo suas pernas indecisas, como uma criança que tirita... e se perdia nas trevas. Eu a segui. Caminhamos longo tempo num chão pantanoso...

SATÃ

E tu a viste parar numa torrente que transbordava de cadáveres — tomá-los um por um nos braços sem sangue, apertar-se gelada naqueles seios de gelo, revolver-se, tremer, arquejar... e erguer-se depois sempre com um sorriso amargo.

MACÁRIO

Quem era essa mulher?

SATÃ

Era um anjo. Há cinco mil anos que ele tem o corpo da mulher e o anátema de uma virgindade eterna. Tem todas as sedes, todos os apetites lascivos, mas não pode amar. Todos aqueles em que ela toca se gelam. Repousou o seu seio, roçou suas faces em muitas virgens e prostitutas, em muitos velhos e crianças, bateu a todas as portas da criação, estendeu-se em todos os leitos e com ela o silêncio... Essa estátua ambulante é quem murcha as flores, quem desfolha o outono, quem amortalha as esperanças.

MACÁRIO

Quem é?

SATÃ
E depois o que viste?

MACÁRIO
Vi muita coisa... Eram mil vozes que rebentavam do abismo, ardentes de blasfêmia! Das montanhas e dos vales da terra, das noites de amor e das noites de agonia, dos leitos do noivado aos túmulos da morte erguia-se uma voz que dizia: Cristo, sê maldito! Glória, três vezes glória ao anjo do mal! E as estrelas fugiam chorando, derramando suas lágrimas de fogo... E uma figura amarelenta beijava a criação na fronte, e esse beijo deixava uma nódoa eterna...

SATÃ
Está muito pálido. E contudo sonhaste só meia hora.

MACÁRIO
Eu pensei que era um século. O que um homem sente em cem anos não equivale a esse momento. Que estrela é aquela que caiu do céu, que ai é esse que gemeu nas brisas?

SATÃ
É um filho que o pai enjeitou. É um anjo que desliza na terra. Amanhã talvez o encontres. A pérola talvez se enfie num colar de bagas impuras, talvez o diamante se engaste em cobre. Aposto como daqui a um momento será uma mulher, daqui a um dia Santa Madalena!

MACÁRIO
Descrido!

SATÃ
O anjo é a criatura do amor. E o que há mais aberto ao amor que a filha de Jerusalém? Qual é a sombra onde mais vezes tem vibrado essa pólvora mágica e incompreensível? Qual é o seio onde têm caído ardentes mais lágrimas de gozo?

MACÁRIO
Não ouviste um ai? Um outro ai ainda mais dolorido?

SATÃ
É algum bacurau que passou: algum passarinho que acordou nas garras de uma coruja.

MACÁRIO
Não: o eco ainda o repete. Ouves? É um ai de agonia, uma voz humana! Quem geme a essas horas? Quem se torce na convulsão da morte?

SATÃ (*Dando uma gargalhada.*)
Ah! Ah! Ah!

MACÁRIO
Que risada infernal! Não vês que tremo? Que o vento que me trouxe esse ai me arrepiou os cabelos! Não sentes o suor frio gotejar de minha fronte?

SATÃ (*Ri-se.*)
Ah! Ah! Ah!

MACÁRIO
Satã! Satã! Que ai era aquele?

SATÃ
Queres muito sabê-lo?

MACÁRIO
Sim! Pelo inferno ou pelo céu!

SATÃ
É o último suspiro de uma mulher que morreu, é a última oração de uma alma que se apagou no nada.

MACÁRIO
E de quem é esse suspiro? Por que é essa oração?

SATÃ
De certo que não é por mim! Insensato, não adivinhas que essa voz é a de tua mãe, que essa oração era por ti?

MACÁRIO
Minha mãe! Minha mãe!

SATÃ
Pelas tripas de Alexandre Bórgia![15] Choras como uma criança!

MACÁRIO
Minha mãe! Minha mãe!

SATÃ
Então ficas aí?

MACÁRIO
Vai-te, vai-te, Satã! Em nome de Deus! Em nome de minha mãe! Eu te digo: Vai-te!

SATÃ (*Desaparecendo.*)
É por pouco tempo. Amanhã me chamarás. Quando me quiseres é fácil chamar-me. Deita-te no chão com as costas para o céu; põe a mão esquerda no coração: com a direita bate cinco vezes no chão, e murmura: Satã!

* * *

A estalagem da estrada (*do princípio*)

(*As janelas fechadas. Batem à porta.*)

MACÁRIO (*Acordando.*)
Que sonho! Foi um sonho... Satã! Qual Satã! Aqui estão as minhas botas, ali está meu ponche... A ceia está intacta na mesa! Minha garrafa vazia do mesmo modo! Contudo eu sou capaz de jurar que não sonhei! Olá, mulher da venda!

A MULHER (*Batendo de fora.*)
Senhor moço! Abra! Abra!

---

[15] Alexandre Bórgia (1431-1503) ou papa Alexandre VI. (N. do E.)

MACÁRIO
Que algazarra do diabo é essa? (*Abre a porta. Entra a mulher.*)

A MULHER
Ah! Senhor! Estou cansada de bater à sua porta! Pois o senhor dorme a sono solto até três horas da tarde!

MACÁRIO
Como?

A MULHER
Nem ceou — aposto... Nem ceou. A vela ardeu toda. Ora vejam como podia pegar fogo na casa! Pegou no sono comendo de certo!

MACÁRIO
Esta é melhor! Pois aqui não esteve ninguém ontem comigo?

A MULHER
Pela fé de Cristo! Ninguém.

MACÁRIO
Pois eu não saí daqui de noite, alta noite, na garupa de um homem de ponche vermelho e preto, porque meu burro tinha fugido para o sítio de nhô Quito?

A MULHER (*Espantada, benzendo-se.*)
Não, senhor! Não ouvi nada... O burro está amarrado na baia. Comeu uma quarta de milho...

MACÁRIO (*Chega à janela.*)
Como! Não choveu a cântaros esta noite? É singular! Eu era capaz de jurar que cheguei até a cidade, antes da meia-noite!

A MULHER (*Benzendo-se.*)
Se não foi por artes do diabo, o senhor estava sonhando.

MACÁRIO
O diabo! (*Dá uma gargalhada à força.*) Ora, sou um pateta! Qual diabo, nem meio diabo! Dormi comendo, e sonhei nestas asneiras!... Mas que vejo! (*Olhando para o chão.*) Não vês?

A MULHER

O que é? Ai! ai! Uns sinais de queimado aí pelo chão! Cruz! Cruz! Minha Nossa Senhora de S. Bernardo!... É um trilho de um pé...

MACÁRIO

Tal e qual um pé!...

A MULHER

Um pé de cabra... um trilho queimado... Foi o pé do diabo! O diabo andou por aqui!

❖

Segundo episódio

Na Itália

(*Um vale, montanhas à esquerda — Um rio torrentoso à direita — No caminho uma mulher sentada no chão acalenta um homem com a cabeça deitada no seu regaço.*)

MACÁRIO (*Cismando.*)
Morrer! Morrer!... Quando o vinho do amor embebeda os sentidos, quando corre em todas as veias e agita todos os nervos... parece que esgotou-se tudo. Amanhã não pode ser tão belo como hoje. E acordar do sonho, ver desfeita uma ilusão! Nunca!... Olá, mulher, afasta-te do caminho. Quero passar...

A MULHER
Não o piseis, não, ele dorme. Dorme... está cansado. Não vedes como está pálido? Coitado!

MACÁRIO
Sim, está pálido: não é o luar que o faz lívido. Eu o vejo. É teu amante? A lua que alveja tuas tranças grisalhas ri de teu amor. Messalina[1] de cabelos brancos, quem apertas no seio emurchecido? Tão alta noite, quem é esse mancebo de cabelos negros que adormece no teu colo?... Como está pálido... Que testa fria... Mulher! Louca mulher, quem acalentas é um cadáver.

---

[1] Valéria Messalina foi a mulher do imperador Cláudio, citada em fontes históricas como de vida devassa. O nome Messalina passou a ser usado como sinônimo de mulher promíscua, libertina. (N. do E.)

A MULHER
Um defunto?... Não... Ele dorme: não vedes? É meu filho... Apanharam-no boiando nas águas levado pelo rio... Coitado! Como está frio!... É das águas! Tem os cabelos ainda gotejantes... Diziam que ele morreu... Morrer! Meu filho! É impossível... Não sabeis? Ele é a minha esperança, meu sangue, minha vida. É meu passado de moça, meus amores de velha... Morrer ele? É impossível. Morrer? Como? Se eu ainda sinto esperanças, se ainda sinto o sangue correr-me nas veias, e a vida estremecer meu coração!

MACÁRIO
Velha! Estás doida.

A MULHER
Não morreu, não... Ele está dormindo. Amanhã há de acordar... Há muito tempo que ele dorme... Que sono profundo!... Nem um ressonar! Ele foi sempre assim desde criança. Quando eu o embalava no meu seio, ele às vezes empalidecia... que parecia um morto, tanto era pálido e frio!.. Meu filho! Hei de esquentá-lo com meus beiços, com meu corpo...

MACÁRIO
Pobre mãe!

A MULHER
Falai mais baixo. Eu pedi ao vento que se calasse, ao rio que emudecesse... Não vedes? Tudo é silêncio. Escuta: sabes tocar? Vai ter tua viola e canta alguma cantiga da tua terra. Dizem que a música faz ter sonhos sossegados...

MACÁRIO
Sonhos! Que sonhos soerguem teu lençol, o leito da morte? (*Passa adiante.*) Esta mulher está doida. Este moço foi banhar-se na torrente e afogou-se. Eu vi carregarem seu cadáver úmido e gelado. Pobre mãe! Embala-o nu e macilento no seu peito, crendo embalar a vida. Louca!... Feliz talvez! Quem sabe se a ventura não é a insânia?

(*Mais longe, sentado num rochedo à beira do rio, está Penseroso*[2] *cismando.*)

PENSEROSO
É alta noite. Disseram-me ainda agora que eram duas horas. É doce pensar no clarão da lua quando todos dormem. A solidão tem segredos amenos para quem sente. O coração do mancebo é como essas flores pálidas que só abrem de noite, e que o sol murcha e fecha. Tudo dorme. A aldeia repousa. Só além, junto das fogueiras os homens da montanha e do vale conservam suas saudades. Mais longe a toada monótona da viola se mistura à cantilena do sertanejo, ou aos improvisos do poeta singelo da floresta, alma ignorante e pura que só sabe das emoções do sentimento, e dos cantos que lhe inspira a natureza virgem de sua terra. O rio corre negro a meus pés, quebrando nas pedras sua escuma prateada pelos raios da lua que parecem gotejar dentre os arvoredos da margem. No silêncio sinto minha alma acordar-se embalada nas redes moles do sonho. É tão doce sonhar, para quem ama!... No que estará ela pensando agora? Cisma, e lembra-se de mim? Dorme e sonha comigo? Ou encostada na sua janela ao luar sente uma saudade por mim!

MACÁRIO (*Passando.*)
Penseroso! Boa noite, Penseroso! Que imaginas tão melancólico?

PENSEROSO
Boa noite, Macário. Onde vais tão sombrio?

MACÁRIO (*Sombrio.*)
Vou morrer.

PENSEROSO
Eu sonhava em amor!

MACÁRIO
E eu vou morrer!

---

[2] Provavelmente esse personagem tenha sido inspirado no poema *Il Penseroso*, de John Milton (1608-1674). (N. do E.)

PENSEROSO
Tu brincas. Vi um sorriso nos teus lábios.

MACÁRIO
É um sorriso triste, não? Eu to juro pela alma de minha mãe, vou morrer.

PENSEROSO
Morrer! Tão moço! E não tens pena dos que chorarão por ti? Daquelas pobres almas que regarão de lágrimas ardentes teu rosto macilento, teu cadáver insensível?

MACÁRIO
Não; não tenho mãe. Minha mãe não me embalará endoidecida entre seus joelhos, pensando aquentar com sua febre de louca o filho que dorme. Ninguém chorará. Não tenho mãe.

PENSEROSO
Pobre moço! Não amas!

MACÁRIO
Amo... amo sim. Passei toda esta noite junto ao seio de uma donzela, pura e virgem como os anjos.

PENSEROSO
Que tens? Cambaleias. Estás ébrio?

MACÁRIO
Ébrio, sim! Ébrio de amor... de prazer. Aquela criança inocente embebedou-me de gozo. Que noite! Parece que meu corpo desfalece. E minha alma absorta de ternura só tem um pensamento: morrer!

PENSEROSO
Amar e não querer viver!

MACÁRIO
Ela é muito bela. Eu vivi mais nesta noite que no resto de minha vida. Um mundo novo se abriu ante mim. Amei.

PENSEROSO
Não é verdade que a mulher é um anjo?

MACÁRIO
Sim: é um anjo que nos adormece, e nos seus braços nos leva a uma região de sonhos, de harmonias desconhecidas. Sua alma se perde conosco num infinito de amor, como essas aves que voam à noite, e se mergulham no seio do mistério.

PENSEROSO
A mulher! Oh! Se todos os homens as entendessem! Essas almas divinas são como as fibras harmoniosas de uma rabeca. O ignorante não arranca dela um som melodioso... embalde suas mãos grosseiras revolvem e apertam o arco sobre elas — embalde! Somente sons ásperos ressoam. Mas que a mão do artista as vibre, que a alma do músico se derrame nelas, e do instrumento grosseiro do mendigo ignorante ou do cego vagabundo, como do estradivário divino, exalam-se ais, vozes humanas, suspiros e acentos entrecortados de lágrimas.

MACÁRIO
Oh! sim! Se na vida há uma coisa real e divina é a arte; e na arte se há um raio do céu é na música; na música que nos vibra as cordas da alma, que nos acorda da modorra da existência a alma embotada. Oh! É tão doce sentir a voz vaporosa que trina, que nos enleva e que parece que nos faz desfalecer, amar e morrer!

PENSEROSO
E é tão doce amar! Eu amei, eu amo muito. Sabe Deus as noites que me ajoelho pensando nela!... A brisa bebe meus suspiros, e minhas lágrimas silenciosas e doces orvalham meu rosto.

MACÁRIO
Oh! O amor! E por que não se morre de amor! Como uma estrela que se apaga pouco a pouco entre perfumes e nuvens cor-de-rosa, por que a vida não desmaia e morre num beijo de mulher? Seria tão doce inanir e morrer sobre o seio da amante enlanguescida! No respirar indolente do seu colo confundir um último suspiro!

PENSEROSO
Amar de joelhos, ousando a medo nos sonhos roçar de leve num

beijo os cílios dela, ou suas tranças de veludo! Ousando a medo suspirar seu nome! Esperando a noite muda para contá-la à lua vagabunda!

MACÁRIO
Morrer numa noite de amor! Rafael no seio de sua Fornarina![3] Nos lábios perfumados da italiana, adormecer sono lento... dormir e não acordar!

PENSEROSO
Que tens? Estás fraco. Senta-te junto de mim. Repousa tua cabeça no meu ombro. O luar está belo, e passaremos a noite conversando em nossos sonhos e nossos amores...

MACÁRIO (*Desfalecendo.*)
Tudo se escurece... Não sentes que tudo anda à roda?... Que vertigem!... Dá-me tua mão!... Sim. Enxuga minha fronte. Que suor!

PENSEROSO
Como estás abatido... Como empalideces! Ah! Como resvalas... Que tens, meu amigo?

MACÁRIO
Se eu pudesse morrer! (*Desmaia.*)

(*Satã entra.*)

SATÃ
Que loucura! Esse desmaio veio a tempo; seria capaz de lançar-se à torrente. Porque amou, e uma bela mulher o embriagou no seu seio, querer morrer! (*Carrega-o nos braços.*)
Vamos... E como é belo descorado assim! Com seus cabelos castanhos em desordem, seus olhos entreabertos e úmidos, e seus lábios feminis! Se eu não fora Satã, eu te amaria, mancebo... (*Vai levá-lo.*)

PENSEROSO
Quem és tu? Deixa-o... eu o levarei.

---

[3] *Fornarina* é o nome de um quadro de Rafael (1483-1520). (N. do E.)

SATÃ

Quem eu sou? Que te importa? Vou deitá-lo num leito macio. Daqui a pouco seu desmaio passará. É um efeito do ar frio da noite sobre uma cabeça infantil ardente de febre. Adeus, Penseroso.

PENSEROSO

Quem és tu, desconhecido, que sabes o meu nome?

* * *

Macário e Satã

MACÁRIO

Tenho tédio, Satã! Aborreces-me como se aborrecem as amantes esquecidas.

SATÃ

Tens cartas aí? Joguemos. Que queres? A ronda, a barca, o *lansquenet*?

MACÁRIO

Sou infeliz no jogo. Queimo-me e perco. Quando aposto e perco, tenho uns desejos de atirar com as cartas à cara do banqueiro.

SATÃ

Pois eu jogo, perco e gosto de jogar. É que somos como Adão e Eva, *os ex ossibus*, *caro ex carne*. A propósito de jogo, queres que te conte uma história?

MACÁRIO

Mentirosa ou verdadeira?

SATÃ

É o que não importa: nem mais nem menos que *As mil e uma noites*. Um dia deu-me a lua para virar a cabeça de uma moça. Meti-me no paletó de um mancebo, pálido, alumiado de seus sonhos de poeta, transbordando de orgulho: no mais nem feio nem bonito, tinha olhos pardos, o cabelo longo em anéis e a barba luzente como cetim. O moço tinha uma amante. Era uma moça bonita, morena, de olhos muito lânguidos e muito úmidos; o que tinha de mais melindroso era a boquinha de rosa e mãozinhas as mais suaves do mundo.

MACÁRIO
Tua história é velha como o dilúvio. É difusa como um folhetim.

SATÃ
Estás maçante como Falstaff bêbado. Não importa. Quero alegrar-te um pouco. A história é divertida. Podia-se bem torneá-la num volume *in oitavo* com estampas e retrato do autor, com a competente carta — prólogo de moda. Mas escuta: sou mais fiel que os sermonistas, serei breve o mais possível. Ora, a amante tinha uma irmã. Pálida e suave como a mais bela das amantes de Filipe II: era o retrato vivo de Calderona.[4] Eram aquelas pálpebras rasgadas à espanhola, uns olhos negros cheios de fogo meridional, o seio adormecido. Acrescenta a essa imagem que a moça era virgem como um botão de rosa... Fazia sonhar a amante do rei quando seminua sentada sobre as bordas do leito, repousando a mão sobre a face, sentia as lágrimas do amor e da saudade banharem-lhe os olhos ao luar. Isto que te digo o moço pensou. Foi um nunca findar de versos, de passeios românticos pelos vales, pela encostadas montanhas, um inteiro viver e morrer por ela, como ele o dizia em algum soneto... Vês que torno-me poético... Quando vi o moço com a cabeça tonta, revolvendo-se pálido nos seus delírios esperançosos, à fé de bom diabo que sou, interessei-me por ele. Demais, pareciam morrer um pelo outro. Os apertos de mãos a furto, os olhares cheios de languidez, tudo isso parece que azoinou a mente virginal da donzela. Uma noite na sombra, a medo beijaram-se. Aquele beijo tinha amor e loucura nos lábios. O moço perdeu-se de amor. Escreveu-lhe uma carta: transbordou aí todas as suas poesias, toda a febre de seu devaneio... Não te rias, é de estilo, Macário. O que há de mais sério e risível que o amor? As falas de Romeu ao luar, os suspiros de Armida,[5] os sonetos de Petrarca tomados ao sério dão desejos de gargalhar...

A partida estava proposta, as paradas feitas, e eu para assegurar o

---

[4] María Calderón foi uma atriz de teatro, amante de Filipe IV e mãe do bastardo real Juan José da Áustria. (N. do E.)

[5] Armida é uma personagem de *Jerusalém libertada*, de Torquato Tasso (1544-95). (N. do E.)

jogo tinha chumbado os dados. Era de apostar a minha cabeça contra a de um santo, todas as mulheres belas da terra por uma bruxa.

MACÁRIO
Adivinho... ganhaste?

SATÃ
Que sofreguidão! Não contava com o anjo da guarda da moça. Fez umas cócegas na criancice da virgem, e lá se vai ela toda chorosa levar a carta à irmã... O tal anjo que sabia orelhar a sua sota bifou-me o jogo, velhaqueou com o velhaco, surrupiou os dados, e numa risada inocente chuleou-me a parada.

MACÁRIO
Pobre moça!

SATÃ
E o rapaz que perdeu as suas ilusões... Mas quero desforra.

MACÁRIO
Desforra? Tomas duas vezes.

SATÃ
É doloroso. Mas o mundo é do diabo, assim como o céu é dos tolos. Falam de convento. Querem cortar os cabelos negros da moça e cosê-la na mortalha da freira. Ora pois, se consigo ao mesmo tempo virar a cabeça da moça e da freira, mandar o anjo limpar a mão à parede, as santas que lhe peguem com um trapo quente. Demais a partida começou.

MACÁRIO
E ela quer?

SATÃ
Isso de mulheres, nem eu, que sou o diabo, as entendo. Quem entende o vento, as ondas e o murmurar das folhas? A mulher é um elemento. A santa mais santa, a virgem mais pura, há instantes em que se daria a Quasímodo; e Messalina era capaz de enjeitar Romeu ou Don Juan. Mas enfim... Macário?

MACÁRIO (*Dormindo.*)
Hum!

SATÃ
Dorme como um cão. Boa noite, minha criança. Vou fazer uma visita a uma bela da vizinhança que anda regateando o que lhe resta de alma para ser moça três dias. Até lá dará meia-noite.

* * *

Macário, Penseroso

MACÁRIO
Que ideia rola no teu cérebro inflamado, meu poeta... Como um ramo despido de folhas que se dobra ao peso de um bando de aves da noite, por que tua cabeça se inclina ao peso dos pensamentos?

PENSEROSO
E contudo eu amei-a! Eu amei tanto... Sagrei-a no fundo da minha alma, a rainha das fadas, e ressumbrei nela o anjo misterioso que me havia de conduzir adormecido no seu batel mágico a um mundo maravilhoso de amores divinos. Se fui poeta, se pedi a Deus os delírios da inspiração, foi para encantar com seu nome as cordas douradas do alaúde, para voltar nos seus joelhos as páginas de ouro de meus poemas, e semear o seu caminho dos louros da minha glória!

MACÁRIO
Oh! Acordar como Julieta com seu Romeu pálido no seio, com a cabeça romântica ainda dourada do último reflexo do crepúsculo da vida, acordar dos sonhos de noiva no sudário da morte, com os goivos murchos dos finados na fronte em vez da coroa nupcial cheirosa da amante de Romeu! Apertá-lo embalde ao seio ardente, banhar-lhe de lágrimas de fogo as faces pálidas, e de beijos os lábios frios, e procurar-lhe insana pelos lábios um derradeiro assomo de vida ou uma gota de veneno para ela! É duro, é triste! É um caso que merece as lágrimas mais doloridas dos olhos. Mas dói ainda mais fundo acordar dos sonhos esperançosos com o cadáver frio das esperanças sobre o peito! Pobre Penseroso! Amaste um instante que foi tua vida, como Julieta e como Romeu: e não tiveste a conversa ao luar no jardim de Capuleto, não tremeste nas falas amorosas da primeira

noite de amor, e não soubeste que doces que são os beijos da longa despedida, e o pensar que não são as aves da manhã, mas o rouxinol do vale quem gorjeia nas romeiras, que o revérbero de luz branca nas nuvens do Oriente e o apagar das estrelas não crepusculava o dia, e crer na vida em si e numa mulher com as mãos de uma pálida amante sobre o coração

PENSEROSO

Por ela fui pedir à solidão os murmúrios, fui abrir meu coração aos hálitos moribundos do crepúsculo, ajoelhei-me junto das cruzes da montanha, e no sussurro das aves que adormeciam no cintilar das primeiras estrelas da noite, na gaze transparente e purpurina que desdobrava seu véu luminoso por entre as sombras do vale... em toda essa natureza bela que dormia fui escutar as vozes íntimas do amor, e meu peito acordou-se cantando e sonhando com ela!

MACÁRIO

Tenho pena de ti. Mas consola-te. Que valem as lágrimas insensatas? Todas elas são assim. Eu também chorei mas, como as gotas que porejam da abóbada escura das cavernas, essas lágrimas ardentes deixaram uma crosta de pedra no meu coração. Não chores. Vem antes comigo. Geórgio dá hoje uma ceia: uma orgia esplêndida como num romance. Teremos os vinhos da Espanha, as pálidas voluptuosas da Itália, e as americanas morenas, cujos beijos têm o perfume vertiginoso das magnólias e o ardor do sangue meridional. Não há melhor túmulo para a dor do que uma taça cheia de vinho ou uns olhos negros cheios de languidez.

PENSEROSO

Não vai só. Se tu soubesses no que penso e no que tenho pensado! Enquanto eu falo a minha alma desvaria, e a minha febre devaneia. Sonhei sangue no peito dela, sangue nas minhas mãos, sangue nos meus lábios, no céu, na terra... em tudo! Pareceu-me que tremia nas escadas bambas do cadafalso... senti a risada amarela do homem da vingança... depois minha cabeça escureceu-se... Pensei no suicídio... Macário, Macário, não te rias de mim! Como o vagabundo, que se debruça sobre um precipício sem fundo, senti a vertigem regelar meus cabelos hirtos e um suor de medo banhar minha fronte... tenho medo!... Sou um doido, Macário, eu o sei. Que longa vai essa noite! A lua avermelhada não lança luz no céu escuro; nem a brisa no ar;

é uma noite de verão, ardente como se a natureza também tivesse a febre que inflama meu cérebro!...

* * *

Numa sala

(*Sobre a mesa, livros do estudo – Penseroso encostado na mesa – Macário fumando.*)

PENSEROSO
Li o livro que me deste, Macário... li-o avidamente. Parece que no coração humano há um instinto que o leva à dor, como o corvo ao cadáver. Aquele poema é frio como um cadáver. É um copo de veneno. Se aquele livro não é um jogo de imaginação, se o ceticismo ali não é máscara de comédia, a alma daquele homem é daquelas, mortas em vida, onde a mão do vagabundo podia semear sem susto as flores inodoras da morte.

MACÁRIO
E o ceticismo não tem a sua poesia?... O que é a poesia, Penseroso? Não é porventura essa comoção íntima de nossa alma com tudo que nos move as fibras mais íntimas, com tudo que é belo e doloroso?... A poesia será só a luz da manhã cintilando na areia, no orvalho, nas águas, nas flores, levantando-se virgem sobre um leito de nuvens de amor e de esperança? Olha o rosto pálido daquele que viu, como a Níobe,[6] morrerem uma por uma, feridas pela mão fatal que escreveu a sina do homem, suas esperanças nutridas da alma e do coração... e dize-me se no riso amargo daquele descrido, se na ironia que lhe cresta os beiços não há poesia como na cabeça convulsa de Laocoonte.[7] As dores do espírito confrangem tanto um semblante como as da carne. Assim como se cobre de capelas de flores a cruz de uma cova abandonada, por que não derramar os goivros da morte no cemitério das ilusões da vida? A natureza é um concerto cuja harmonia só Deus entende, porque só ele ouve a música que todos os peitos exalam. Só ele combina o canto do corvo e o trinar do

[6] Personagem da mitologia grega. (N. do E.)
[7] Personagem da mitologia grega. (N. do E.)

pintassilgo, as nênias do rouxinol e o uivar da fera noturna, o canto de amor da virgem na noite do noivado e o canto de morte que na casa junta arqueja na garganta de um moribundo. Não maldigas a voz rouca do corvo: ele canta na impureza um poema desconhecido, poema de sangue e dores peregrinantes como o do bengalim é de amor e ventura! Fora loucura pedir vibrações a uma harpa sem cordas, beijos à donzela que morreu, fogo a uma lâmpada que se apaga. Não peças esperanças ao homem que descrê e desespera.

PENSEROSO

Macário! É ele tão velho, teve tantos cadáveres que apertar nos braços nas horas de despedida, que o seu sangue se gelasse, e seus nervos que não dormem precisassem do ceticismo, como Paganini do ópio para adormecer? Por que foi ele banhar sua fronte juvenil na vertigem dos gozos amaldiçoados? Com as mãos virgens por que vibrou o alaúde lascivo esquecido num canto do lupanar? É um livro imoral; por que esse moço entregou-se delirante a essa obra noturna de envenenamento? Não te rias, Macário: pobre daquele que não tem esperanças; porém maldito aquele que vai soprar as cinzas de sua esterilidade sobre a cabeça fecunda daquele que ainda era puro! O coração é um oceano que o bafejar de um louco pode turvar, mas a quem só o hálito de Deus aplaca as tormentas.

Esperanças! E esse descrido não palpita de entusiasmo no rodar do carro do século, nos alaridos do progresso, nos hosanas do industrialismo laurífero? Não sente ele que tudo se move, que o século se emancipa e a cruzada do futuro se recruta? Não sonha ele também com esse Oriente para onde todos se encaminham sedentos de amor e de luz?

Esperanças! E esse americano não sente que ele é o filho de uma nação nova, não a sente o maldito cheia de sangue, de mocidade e verdor? Não se lembra que seus arvoredos gigantescos, seus oceanos escumosos, os seus rios, suas cataratas, que tudo lá é grande e sublime? Nas ventanias do sertão, nas trovoadas do Sul, no sussurro das florestas à noite, não escutou nunca os prelúdios daquela música gigante da terra que entoa à manhã a epopeia do homem e de Deus? Não sentiu ele que aquela sua nação infante que se embala nos hinos da indústria europeia como Júpiter nas cavernas do Ida,[8] no alarido dos coribantes tem um futuro imenso?

---

[8] O Monte Ida está localizado na Ilha de Creta. Na mitologia grega é o lugar onde Zeus (ou Júpiter) foi criado pela ninfa Ida. (N. do E.)

Esperanças! Não tê-las quando todos as têm! Quando todos os peitos se expandem como as velas de uma nau, ao vento do futuro! Por que antes não cantou a sua América como Chateaubriand[9] e o poeta de Virgínia, a Itália como a Mignon[10] de Goethe, o Oriente como Byron, o amor dos anjos como Thomas Moore,[11] o amor das virgens como Lamartine?[12]

MACÁRIO

Muito bem, Penseroso. Agora cala-te: falas como esses oradores de lugares-comuns que não sabem o que dizem. A vida está na garrafa de conhaque, na fumaça de um charuto de Havana, nos seios voluptuosos da morena. Tirai isso da vida — o que resta? Palavra de honra que é deliciosa a água morna de bordo de vossos navios! Que têm um aroma saudável as máquinas de vossos engenhos a vapor! Que embalam num *far niente* balsâmico os vossos cálculos de comércio! Não sabeis da vida. Acende esse charuto. Penseroso, fuma e conversaremos.

Falas em esperanças. Que eternas esperanças que nada parem! O mundo está de esperanças desde a primeira semana da criação... e o que tem havido de novo? Se Deus soubesse do que havia de acontecer, não se cansara em afogar homens na água do dilúvio, nem mandar crucificar, macilenta e ensanguentada, a imagem de seu Cristo divino. O mundo hoje é tão devasso como no tempo da chuva de fogo de Sodoma. Falais na indústria, no progresso? As máquinas são muito úteis, concordo. Fazem-se mais palácios hoje, vendem-se mais pinturas e mármores, mas a arte degenerou em ofício e o gênio suicidou-se.

Enquanto não se inventar o meio de ter mocidade eterna, de poder amar cem mulheres numa noite, de viver de música e perfumes, e de saber-se a palavra mágica que fará recuar das salas do banquete universal o espectro da morte... antes disso pouco tereis adiantado.

Dizes que o mundo caminha para o Oriente. Não serei eu nem

---

[9] François-René de Chateaubriand (1768-1848), escritor francês, pré-romântico. (N. do E.)

[10] Mignon é uma personagem de um poema de Goethe. (N. do E.)

[11] Thomas Moore (1779-1852), poeta irlandês. (N. do E.)

[12] Alphonse de Lamartine (1790-1869), escritor e poeta francês, grande influência no Romantismo. (N. do E.)

o sonhador daquele livro que ficaremos no caminho. O harém, os cavalos da Arábia, o ópio, o haxixe, o café de Moka e o latakiá são coisas soberbas!

A poesia morre: deixá-la que cante seu adeus de moribunda. Não escutes essa turba embrutecida no plagiar e na cópia. Não sabem o que dizem esses homens que para apaixonar-se pelo canto esperam que o hosana da glória tenha saudado o cantor. São estéreis em si como a parasita. Músicos nunca serão Beethoven, nem Mozart. Escritores, todas as suas garatujas não valerão um terceto de o Dante. Pintores, nunca farão viver na tela uma carnação de Rubens ou erguer-se no fresco um fantasma de Michelangelo. É a miséria das misérias! Como uma esposa árida tressuam e esforçam-se debalde para conceber. Todos os dias acordam de um sonho mentiroso em que creram sentir o estremecer do feto nas entranhas reanimadas.

Falam nos gemidos da noite no sertão, nas tradições das raças perdidas da floresta, nas torrentes das serranias, como se lá tivessem dormido ao menos uma noite, como se acordassem procurando túmulos, e perguntando como Hamlet no cemitério, a cada caveira do deserto o seu passado.

Mentidos! Tudo isso lhes veio à mente lendo as páginas de algum viajante que esqueceu-se talvez de contar que nos mangues e nas águas do Amazonas e do Orenoco há mais mosquitos e sezões do que inspiração; que na floresta há insetos repulsivos, répteis imundos; que a pele furta-cor do tigre não tem o perfume das flores... que tudo isto é sublime nos livros, mas é soberanamente desagradável na realidade!

Escuta-me ainda. O autor deste livro não é um velho. Se não crê é porque o ceticismo é uma sina ou um acaso, assim como é às vezes um fato de razão. As cordas daquela lira foram vibradas por mãos de moço, mãos ardentes e convulsas de febre... talvez de inspiração...

Foi talvez um delírio; mas foi da cabeça e do coração que se exalaram aqueles cantos selvagens. Foi numa vibração nervosa, com o sangue a galopar-lhe febril pelas veias, com a mente ébria de seu sonho ou do seu pesadelo que ele cantou. Se as fibras da harpa desafinam, se a mão ríspida as estala, se a harpa destoa, e que ele não pensou nos versos quando pensava na poesia, é que ele cria e crê que a estância é uma roupa como outra apenas, como o diz George Sand,[13]

---

[13] George Sand é o pseudônimo de Amandine-Aurore-Lucile Dupin (1804-1876), escritora francesa. (N. do E.)

a arte é um manto para as belezas nuas: é que ele preferira deixar uma estátua despida, a pespontar de ouro uma túnica de veludo para embuçar um manequim. É que ele pensa que a música do verso é o acompanhamento da harmonia das ideias, e ama cem vezes mais o Dante com sua versificação dura, os rasgos de Shakespeare com seus versos ásperos, do que os alexandrinos feitos a compasso de Sainte-Beuve[14] ou Turquety.[15]

PENSEROSO
Tudo isso nada prova. É uma poesia, concordo; mas é uma poesia terrível. É um hino de morte sem esperança do céu, como o dos fantasmas de Jean Paul Richter.[16] É o mundo sem a luz, como no canto da treva. É o ateísmo como na *Rainha Mab* de Shelley.[17] Tenho pena daqueles que se embriagam com o vinho do ceticismo.

MACÁRIO
Amanhã pensarás comigo. Eu também fui assim. O tronco seco sem seiva e sem verdor foi um dia o arvoredo cheio de flores e de sussurro.

PENSEROSO
Não crer! E tão moço! Tenho pena de ti.

MACÁRIO
Crer? E no quê? No Deus desses sacerdotes devassos? Desses homens que saem do lupanar quentes dos seios da concubina, com sua sotaina preta ainda alvejante do cotão do leito dela para ir ajoelhar-se nos degraus do templo! Crer no Deus em que eles mesmos não creem, que esses ébrios profanam até do alto da tribuna sagrada?

---

[14] Charles Augustin Saint-Beuve (1804-1869) foi, além de poeta e escritor, um eminente crítico literário francês. (N. do E.)

[15] Édouard Turquety (1807-1867), poeta francês do Romantismo. (N. do E.)

[16] Jean Paul é o pseudônimo de Johann Paul Friedrich Richter (1763-1825), escritor alemão do Romantismo. (N. do E.)

[17] Percy Bysshe Shelley (1792-1822), poeta inglês do Romantismo. (N. do E.)

PENSEROSO

Não falemos nisto. Mas o teu coração não te diz que se nutre de fé e de esperanças?

MACÁRIO

A filosofia é vã. É uma cripta escura onde se esbarra na treva. As ideias do homem o fascinam, mas não o esclarecem. Na cerração do espírito ele estala o crânio na loucura ou abisma-se no fatalismo ou no nada.

PENSEROSO

Não; não é o filosofismo que revela Deus. A razão do homem é incerta como a chama desta lâmpada: não a excites muito, que ela se apagará.

MACÁRIO

Só restam dois caminhos àquele que não crê nas utopias do filósofo. O dogmatismo ou o ceticismo.

PENSEROSO

Eu creio porque creio. Sinto e não raciocino.

MACÁRIO

Talvez seja a treva de meu corpo que escureça minha alma. Talvez um anjo mau soprasse no meu espírito as cinzas sufocadoras da dúvida. Não sei. Se existe Deus, ele me perdoará se a minha alma era fraca, se na minha noite lutei embalde com o anjo como Jacó, e sucumbi. Quem sabe? — eis tudo o que há no meu entendimento. Às vezes creio, espero: ajoelho-me banhado de pranto, e oro; outras vezes não creio, e sinto o mundo objetivo vazio como um túmulo.

PENSEROSO

Vê: o mundo é belo. A natureza estende nas noites estreladas o seu véu mágico sobre a terra, e os encantos da criação falam ao homem de poesia e de Deus. As noites, o sol, o luar, as flores, as nuvens da manhã, o sorriso da infância, até mesmo a agonia consolada e esperançosa do moribundo ungido que se volta para Deus... tudo isso será mentira? As esperanças espontâneas, as crenças que um olhar de virgem nos infiltra, as vibrações unânimes das fibras sensíveis serão uma irrisão? O amor de tua mãe, as lágrimas do teu amor... tudo isso não te acorda o coração? Serás como essas harpas abandonadas cujas cardas roem a umidade e a ferrugem, e onde ninguém pode acordar uma harmonia? Por que estalaram? Que dor profunda as rebentou? Quando tua alma ardente abria seus voos para pairar sobre a vida cheia de amor, que vento de morte murchou-te na fronte a coroa das ilusões, apagou-te no coração o fanal do sentimento, e despiu-te das asas da poesia? Alma de guerreiro, deu-te Deus porventura o corpo inteiriçado do paralítico? Coração de Romeu, tens o corpo do lazarento ou a fealdade de Quasímodo? Lira cheia de músicas suspirosas, negou-te a criação cordas argentinas? Oh, não! Abre teu peito e ama. Tu nunca viste uma tua ilusão gelar-se na fronte da amante morta, teu amor degenerar nos lábios de uma adúltera. Alma fervorosa, no orgulho de teu ceticismo não te suicides na agonia do desespero. A descrença é uma doença terrível; destrói com seu bafo corrosivo o aço mais puro: é ela quem faz de Rembrandt um avarento, de Bocage um libertino!... Para os peitos rotos, desenganados nos seus afetos mais íntimos, onde sepultam-se como cadáveres todas as crenças, para esses aquilo que se dá a todos os sepulcros: uma lágrima! Aquele que jogou sua vida como um perdulário, que eivou-se numa dor secreta, que sentiu cuspirem-lhe nas faces sublimes... esses que riam como Demócrito, duvidem como Pirro, ou durmam indiferentes no seu escárnio como Diógenes — o cínico, no seu tonel. A esses leva uma torrente profunda: revolvem-se na treva da descrença como Satã no infinito da perdição e do desespero! Mas nós, mas tu e eu que somos moços, que sentimos o futuro nas aspirações ardentes do peito, que temos a fé na cabeça e a poesia nos lábios, a nós o amor e a esperança: a nós o lago prateado da existência. Embalemo-nos nas suas águas azuis, sonhemos, cantemos e creiamos! Se o poeta da perdição dos anjos nos conta o crime da criatura divina, liba-nos da despedida do éden o beijo de amor que fez dos dois filhos da terra uma criatura, uma alma cheia de futuro. Se na primeira página da história da passagem do homem sobre a terra há o cadáver de Abel, e o ferrete de Caim o anátema, naquelas tradições ressoa o beijo de mãe de Eva pálida sobre os lábios de seu filho!

MACÁRIO

Ilusões! O amor, a poesia, a glória... Ilusões! Não te ris tu comigo da glória como eu rio dela? A glória entre essa plebe corrupta e vil que só aplaude o manto de Tartufo[18] e apedreja as estátuas mais santas do passado! Glória! Nunca te lembras do Dante, de Byron, de Chatterton,[19] o suicida? E Werner poeta, sublime e febril também, morto de ceticismo e desespero sob sua grinalda de orgia? Glória? São acaso os louros salpicados de lodo, manchados, descridos, cuspidos do poviléu, e que o futuro só consagra ao cadáver que dorme?

Escuta. Eu também amei. Eu também talvez possa amar ainda. Às vezes quando a mente se me embebe na melancolia, quando me passam n'alma sonhos de homem que não dorme, e que chamam poesia, eu sinto ainda reabrir-se o meu peito a amores de mulher. Parece que, se aquela beleza de olhos e cabelos negros, de colo arquejante e flutuoso me deixasse repousar a cabeça sobre seu peito, eu poderia ainda viver e querer viver, e ter alento bastante para desmaiar ali na voluptuosidade pura de um espasmo, na vertigem de um beijo.

Mas o que me agita as fibras ainda é a voluptuosidade, é o ademã de uma beleza lânguida, a sede insaciável do gozo.

São sonhos! Sonhos, Penseroso! É loucura abrir tanto os véus do coração a essas brisas enlevadas que vêm tão sussurrantes de enleio, tão repassadas de aromas e beijos! É loucura talvez! E contudo quando o homem só vive deles, quando todas as portas se fecharam ao enjeitado... por que não ir bater na noite de febre ao palácio da fada das imaginações? Põe a mão no meu coração. Tuas falas mo fizeram bater. Havia uma voz dentro dele que eu pensava morta, mas que estava só emudecida. Escuta-a. Há uma mulher em quem eu pensei noites e noites: que encheu minhas noites de insônia, meu sono de ilusões fervorosas, meus dias de delírio. Eu amei essa mulher. Eu a segui passo a passo na minha vida. Deitei-me na calçada da rua defronte de sua janela, para ouvir a sua voz, para entrevê-la a furto branca e vaporosa, para respirar o ar que ela bebia, para sentir o perfume de seus cabelos e ouvir o canto de seus lábios. Eu amei muito essa mulher. E por vê-la uma hora ao pé de mim, seminua, embora fosse adormecida, só por vê-la, e por beijá-la de leve, eu daria minha vida inteira ao nada. E essa mulher, essa mulher...

PENSEROSO
Que tem, fala...

---

[18] Personagem da obra homônima de Molière. (N. do E.)

[19] Thomas Chatterton (1752-1770) foi um poeta britânico que se suicidou aos dezessete anos. (N. do E.)

MACÁRIO

Adeus, Penseroso. Eu pensei que tu me acordavas a vida no peito. Mas a fibra em que tocaste e onde foste despertar uma harmonia é uma fibra maldita, cheia de veneno e de morte. Adeus, Penseroso. Ai daquele a quem um verme roeu a flor da vida como a Werther! A descrença é a filha enjeitada do desespero. Fausto é Werther que envelheceu, e o suicídio da alma é o cadáver de um coração. O desfolhar das ilusões anuncia o inverno da vida.

PENSEROSO

Onde vais, onde vais?

MACÁRIO

Onde vou todas as noites. Vagarei à toa pelos campos até que o sono feche meus olhos e que eu adormeça na relva fria das orvalhadas da noite. Adeus.

* * *

A mesma sala

PENSEROSO (*Só, escreve.*)

Não escreverei mais, não. Calarei o meu segredo e morrerei com ele.

Esqueceu tudo! Esqueceu as noites solitárias em que eu estava a sós com ela, com sua mão na minha, com seus olhos nos meus. Esqueceu! Deus lhe perdoe. E se eu morro por ela, seja ela feliz

Mas por que mentia se ela se ria de mim? Por que aqueles olhares tão lânguidos, aqueles suspiros tão doces? Por que sua mão estremecia nas minhas e se gelava quando eu a apertava? Por que naquela noite fatal, quando eu a beijei, ela escondeu seu rosto de virgem nas mãos, e as lágrimas corriam por entre seus dedos, e ela fugiu soluçando? (*Pensativo.*)

Ela não me ama... é certo. Nunca, nunca ela me teve amor: a ilusão morreu... Oh! Não morrerei com ela? Ontem falei com Davi sobre o suicídio. Davi declamou, repetiu o que dizem esses homens sem irritabilidade de coração, que julgam que as palavras provam alguma coisa. Eu sorri. Davi é feliz: ele sim, nunca amará, não há de sentir esse sentimento único e queimador absorver como uma casuarina toda a seiva do peito, alimentar-se de todas as esperanças, todas as ambições, todos os amores da terra e do céu, dos homens e de Deus, para fazer de tudo isso uma única essência, para transubstanciar tudo isso no amor de uma mulher! E depois, quando esse amor morre, achando o peito vazio como o de um esqueleto, não terá animo para adormecer no seio da morte!

Eis aí o veneno. Ó minha terra! Ó minha mãe! Mais nunca te verei! Meu pai, meu santo pai! E tu, mãe de minha mãe que sentias por mim, cuja vida era uma oração por mim, que enxugavas tuas lágrimas nos teus cabelos brancos pensando no teu pobre neto! Adeus! Perdão! Perdão!

Creio que chorei. Tenho a face molhada. A dor me enfraqueceria? Não! Não! Não há remédio. Morrerei.

Páginas de Penseroso

Se há um homem que cresse no futuro, fui eu. Tive confiança no orgulho de meu coração e no gênio que sentia na minha cabeça. Eu sinto-o, Deus me fez poeta. Esse mundo, a natureza, as montanhas, o eflúvio luminoso das noites de luar, tudo isso me acordava vibrações, me revelava no peito cordas que nunca escutei senão nos poetas divinos, que nunca senti no peito cavernoso e vazio dos outros homens. Sou rico, moço, morrerei pouco mais velho que o desgraçado Chatterton. E todo o meu futuro, minhas glórias, toda essa ambição imensa, essa sede fogosa de uma alma que os prazeres de convenção da vida suntuosa dos palácios esplêndidos, das aclamações da fama, eu só queria seu peito junto do meu... sua mão na minha. O andrajo do miserável não me doeria se eu tivesse o manto de ouro do seu amor.

Oh, ela não me entendeu! Não merecia tamanho amor. Tomei-a nua, fria e bruta como o escultor uma pedra de mármore... e a visão que vesti com a gaze acetinada das minhas ilusões, a estátua que despertei do seio da matéria, não estava aí. Estava no meu coração e só nele. Fi-la bela, dessa beleza divina que Deus me ressumbrou na alma de poeta. Talvez é assim — mas assim mesmo eu morro por ela. Amo-a como o pintor a sua Madona, como o escultor a sua Vênus, como Deus a sua criatura.

Era a única estátua da criação que se podia aviventar ao bafo ardente de meu peito. Não amei nunca outra mulher. Se o coração é um lírio que as paixões desfloram, sou ainda virgem; no deleite das minhas noites delirantes, tu o sabes, meu Deus, eu nunca amei!

E por que viver se o coração é morto? Se eu hoje dormisse sobre essa ideia, se eu pudesse adormecer no ócio e no tédio, seria isso ainda viver?

Viver era sentir, era amar, era crer que a ventura não é um sonho, e que eu tinha um leito de flores onde descansar da vida, onde eu pudesse crer que a glória, o futuro não valem um beijo de mulher!

Morrerei!... Não posso trazer no peito o cadáver de minhas ilusões, como a infanticida o remorso a lhe tremer nas entranhas. Há doenças que não têm cura. A tempestade é violenta, e o cansado marinheiro adormeceu no seio da morte. Antes isso que a lenta agonia do desespero, do que esse corvo da descrença e da ironia que rói as fibras ainda vivas como um cancro.

E seria contudo tão bela a vida se ela me amasse! Oh! Por que me traiu!... Por que embalou-me nos seus joelhos, nos acentos mágicos da música dos anjos da esperança, do amor, para lançar-me na treva erma desse desalento e dessa saudade eivada de morte!

Viveríamos tão bem! Era tão fácil minha ventura! Por esses rios imensos da minha terra há tantas margens viçosas e desertas, cheias de flores e de berços de verdura, de retiros amenos, onde as aves cantam na primavera eterna do nosso céu, e as brisas suspiram tão docemente nas tardes purpurinas! Seríamos... sós... e essa solidão nós a povoaríamos com o mundo angélico, do nosso amor! Nos crepúsculos de verão eu a levaria pelas montanhas a embriagar-se de vida nos aromas da terra palpitante, pelos vales ainda úmidos de orvalho e ao tom das águas sem pensar na vida, pensando só que o amor e o ouro dos rochedos brancos da existência, a estrela dos céus misteriosos, a palavra sacramental e mágica que rompe as cavernas do infinito e da ventura! Oh! Deitado nos seus joelhos, ouvindo sua voz misturar-se ao silêncio do deserto, vendo sua face mais bela no véu luminoso e pálido do luar, como seria doce viver! Era assim que eu esperava amar, era assim que eu podia morrer sem saudades da vida, suspirando de amor! Sou um doido, meu Deus! Por que mergulhar mais o meu coração nessa lagoa venenosa das ilusões? Quero ter ânimo para morrer. Estalou-se nas minhas mãos o último ramo que me erguia sobre o abismo. Para que sonhar mais o que é impossível?

É ainda um sonho o que vou escrever.

Eu sonhei esta noite... e sonhei com ela... Era meio-dia na floresta: a sombra caía no ar calmoso..
....
....
....

Uma rua

PENSEROSO (*Passando.*)
Tenho febre. É o efeito do veneno? Para que obre melhor tenho-o tomado aos poucos. Tenho às vezes estremecimentos que me gelam. Sinto um fogo no estômago, e as veias do meu cérebro parecem queimar o meu crânio e inundá-lo de sangue fervente. A cabeça me dói; às vezes parece-me que os ossos do meu crânio estalam, a minha vista se escurece e meus nervos tremem... meu coração parece abafado e palpita ansioso... a respiração me custa. Oh! Custa tanto morrer.

O DOUTOR LÁRIUS (*Passando a cavalo.*)
Penseroso! Penseroso! Onde vais tão pálido?

PENSEROSO
Doutor, bom dia. Acha-me pálido?

O DOUTOR
Como tua mão está ardente! Como tua testa queima! Tens febre, Penseroso.

PENSEROSO
Tenho febre, não é assim? Ponha a mão no meu coração, veja como bate!

O DOUTOR
Como teu peito está úmido de suor! Como pulsa teu coração! Penseroso! Penseroso! O que tens, meu amigo?

PENSEROSO
O que tenho? Não tenho nada... absolutamente nada. Adeus, doutor.

O DOUTOR
Onde vais? O sol está ardente, e tens febre. Descansemos aqui na sombra. Ou então vamos para casa e deita-te.

PENSEROSO
Sim. Adeus, doutor. (*Vai-se apressado.*)

O DOUTOR
Penseroso! Penseroso!

* * *

Uma sala

(*Num canto da sala, junto do piano, Penseroso só com a italiana. Ouve-se o falar confuso partindo de outros lados da sala. Risadas, murmúrios de homens e mulheres que conversam.*)

PENSEROSO
Adeus, senhora, eu me vou. Adeus, mas ao menos dai-me um olhar de compaixão para que se eu morrer de abandono, não morra sem uma bênção: e o vosso olhar é uma bênção!

A ITALIANA
Que dizeis, senhor Penseroso?

PENSEROSO
Sim... não me entendeis: eu sou um insensato. Pobre daquele a quem não compreendem!

A ITALIANA
Por que o dizeis? Não vos prometi a minha mão? Por quem se espera no altar? É por mim? Não, Penseroso, é pela vontade de teu pai... Não te dei eu minha alma, assim como te darei o meu corpo?

PENSEROSO
Oh! Virgem! Se acaso um só momento de tua vida tu consagraste um suspiro ao desgraçado, se um só momento tu o amaste, ah! que Deus em paga desse instante te dê um infinito de ventura!

A ITALIANA
Penseroso! Que tens? Nunca te vi assim. Eras pensativo e estás sombrio. Eras melancólico e estás triste... Que tens que não me confias? Não sou eu tua noiva?

PENSEROSO
Oh, senhora! Se uma eternidade se pode comprar por um sonho, o

sonho que me embalou na minha existência bem valera ser comprado por uma eternidade!

A ITALIANA
O teu sonho é o meu... é o nosso amor... a minha vida por ti, a tua vida por mim: nós dois formando um único ser, uma única alma, um mundo de delícias e de mistério só para nós e por nós!

PENSEROSO
Oh! Sonhar e acordar!

A ITALIANA
Então...

PENSEROSO
Meu Deus! Meu Deus! Perdoai-me. Adeus! Adeus! (*Com os olhos em lágrimas*.) Quem sabe se não será para sempre? (*Sai*.)

A ITALIANA (*Empalidecendo*.)
Para sempre? Ah!

* * *

O quarto de Penseroso

PENSEROSO (*Só*.)
Ela me não ama. Que importa? Eu lha perdoo. Perdoo a leviandade daquela criança pura e santa que me leva ao suicídio... Oh! Se eu pudesse vê-la ainda!

Passei toda a noite pelo campo que se estende junto à casa dela. Vi as luzes apagarem-se uma por uma. Só o quarto dela ficava iluminado. Havia ser muito tarde quando a luz se apagou. Pareceu-me ver ainda depois uma imagem branca encostada na janela...

Coitada! Ela não sabe que eu estava ali, a seus pés, com o desespero n'alma, e o veneno no peito, cheio de desejos e de morte, cheio de saudades e de desesperança!

Vaguei toda a noite. Quando acordei estava muito longe. Assentei-me à borda do caminho. A meus pés se estendia o precipício coberto de ervaçal...

À direita, longe numa lagoa saíam os primeiros raios do dia. O orvalho reluzia nas folhas das árvores antigas do caminho, em cuja sombra imensa acordavam os passarinhos cantando...

Perdoai-me, meu Deus! Talvez seja uma fraqueza o suicídio; por que será um crime ao pobre louco sacrificar os seus sonhos da vida?

....

....

Este cordão de cabelos quero que seja entregue a ela: são cabelos de minha mãe... de minha mãe que morreu. Trouxe-os sempre no meu peito. Quero que ela os beije às vezes e lembre-se de mim.........

....

....

Esse amor foi uma desgraça. Foi uma sina terrível. Oh! Meu pai! Ó minha segunda mãe! Ó meus anjos! Meu céu! Minhas campinas! É tão triste morrer!...

....

....

Ah! Que dores horríveis! Tenho fogo no estômago... Minha cabeça se sufoca... Ar! Ar! Preciso de ar!... Eu te amei, eu te amei tanto!... (*Desmaia.*)

HUBERTO (*Entrando.*)
Penseroso! Que tens? Que convulsão! Ah! É uma agonia! Depressa, depressa, chamem alguém... O Dr. Lárius... Oh! Meus companheiros socorrei nosso amigo... Penseroso morre! Davi! Davi! Onde está Davi?

UMA VOZ
Está caçando.

HUBERTO
E Macário onde está também?

A VOZ
Tomou ontem uma bebedeira. Está ébrio como uma cabra.

* * *

À porta de uma taverna

(*Macário vai saindo; encontra Satã.*)

SATÃ
Onde vais?

MACÁRIO
Sempre tu, maldito!

SATÃ
Penseroso? Sabes

MACÁRIO
Vou ter com ele.

SATÃ
Vai, doido, vai! Que chegarás tarde! Penseroso morreu.

MACÁRIO
Mataram-no!

SATÃ
Matou-se.

MACÁRIO
Bem.

SATÃ
Vem comigo.

MACÁRIO
Vai-te.

SATÃ
És uma criança. Ainda não saboreaste a vida e já gravitas para a morte. O que falta? Ouro em rios? Eu to darei. Mulheres? Tê-las-ás, virgens, adúlteras ou prostitutas. O amor? Dar-te-ei donzelas que morram por ti, e realizem na tua fronte os sonhos de seu histerismo... Que te falta?

MACÁRIO
Vai-te, maldito!...

SATÃ (*Afastando-se.*)

Abrir a alma ao desespero é dá-la a Satã. Tu és meu. Marquei-te na fronte com meu dedo. Não te perco de vista. Assim te guardarei melhor. Ouvirás mais facilmente minha voz partindo de tua carne que entrando pelos teus ouvidos.

* * *

Uma rua

(*Macário e Satã de braços dados.*)

SATÃ

Estás ébrio? Cambaleias.

MACÁRIO

Onde me levas?

SATÃ

A uma orgia. Vais ler uma página da vida; cheia de sangue e de vinho — que importa?

MACÁRIO

É aqui, não? Ouço vociferar a saturnal lá dentro.

SATÃ

Paremos aqui. Espia nessa janela.

MACÁRIO

Eu vejo-os. É uma sala fumacenta. À roda da mesa estão sentados cinco homens ébrios. Os mais revolvem-se no chão. Dormem ali mulheres desgrenhadas, umas lívidas, outras vermelhas... Que noite!

SATÃ

Que vida! Não é assim? Pois bem! Escuta, Macário. Há homens para quem essa vida é mais suave que a outra. O vinho é como ópio, é o Letes[20] do esquecimento... A embriaguez é como a morte...

---

[20] Na mitologia grega, no rio Letes os mortos se banhavam e, então, esqueciam-se da sua existência anterior. (N. do E.)

MACÁRIO
Cala-te. Ouçamos.

Noite na taverna
Macário *

Álvares de Azevedo

TEXTO INTEGRAL

1. Quais aspectos de *Noite na taverna* nos permitem caracterizar a obra como ultrarromântica? Procure justificar sua resposta com passagens do texto.

2. *Noite na taverna*, no que se refere ao gênero, é uma obra de difícil classificação. Discorra sobre a relação entre a autonomia dos capítulos e a obra como um todo coeso.

3. Há sempre duas leituras possíveis em *Noite na taverna*. Quais são? Justifique com um exemplo extraído do texto.

4. Qual a função do Diabo em *Macário*?

5. Há temas em comum em *Noite na taverna* e *Macário*? Quais?

6. Comente a representação da mulher nas obras de Álvares de Azevedo.

---

* Para que o professor possa trabalhar o Guia de Leitura com os alunos em sala de aula, não publicamos, aqui, o gabarito das questões. No entanto, pode-se obtê-lo entrando em contato conosco pelo telefone: (11) 3672 8144. Disponibilizamos o gabarito apenas para professores.

7. Em *Noite na taverna* e *Macário* a juventude é retratada de uma perspectiva bastante negativa. É possível traçar um paralelo entre o comportamento dos jovens apresentados nas obras e a juventude nos tempos atuais?

❖

Questões de vestibular

1. (Fuvest) Tomadas em conjunto, as obras de Gonçalves Dias, Álvares de Azevedo e Castro Alves demonstram que, no Brasil, a poesia romântica:

a) Pouco deveu às literaturas estrangeiras, consolidando de forma homogênea a inclinação sentimental e o anseio nacionalista dos escritores da época.

b) Repercutiu, com efeitos locais, diferentes valores e tonalidades da literatura europeia: a dignidade do homem natural, a exacerbação das paixões e a crença em lutas libertárias.

c) Constituiu um painel de estilos diversificados, cada um dos poetas criando livremente sua linguagem, mas preocupados todos com a afirmação dos ideais abolicionistas e republicanos.

d) Refletiu as tendências ao intimismo e à morbidez de alguns poetas europeus, evitando ocupar-se com temas sociais e históricos, tidos como prosaicos.

e) Cultuou sobretudo o satanismo, inspirado no poeta inglês Byron, e a memória nostálgica das civilizações da Antiguidade clássica, representadas por suas ruínas.

2. (UESPI) Álvares de Azevedo, poeta paulista, falecido precocemente, escreveu, em prosa, o livro de contos *Noite na taverna*. Esta obra:

(1) Traz a marca da adolescência, mas o poeta finge um formidável conhecimento de vida.

(2) É constituída por contos satânicos, devassos, melodramáticos, que descrevem crimes, num tom amoral.

(3) Tem como ponto de partida a história de sete jovens que bebem numa taverna, cada um deles contando sua aventura criminosa.

(4) Apresenta um clima de pesadelo, mas soa falso e ingênuo.

Estão corretas:

a) 1, 2 e 3, apenas.
b) 1, 3 e 4, apenas.
c) 2, 3 e 4, apenas.
d) 2 e 4, apenas.
e) 1, 2, 3 e 4.

3. (UFRN) No texto poético, a sonoridade das palavras associa-se constantemente aos seus significados. Sob tal aspecto, o verso que sugere a atmosfera noturna do Romantismo é:

a) "Vertem fogo do teu coração?"
b) "Um tropel teu galope acompanha?"
c) "Com a espada sanguenta na mão?"
d) "Macilento qual morto na tumba?"

4. (UEL) Considere as seguintes afirmações sobre a poesia de Álvares de Azevedo:

I. Seu lirismo deixou-se empolgar pelas lutas políticas travadas durante a consolidação da nossa Independência.

II. Influenciado por Gonçalves Dias, seus versos espelham a força primitiva da natureza e a admiração pelo índio.

III. A solidão extrema e a timidez amorosa marcaram os versos ora sentimentais, ora irônicos de sua lírica.

Está correto apenas o que se afirma em:

a) I.
b) II.
c) III.
d) I e II.
e) II e III.

5. (Fuvest) Poderíamos sintetizar uma das características do Romantismo pela seguinte aproximação de opostos:

a) Aparentemente idealista, foi, na realidade, o primeiro momento do Naturalismo literário.

b) Cultivando o passado, procurou formas de compreender e explicar o presente.

c) Pregando a liberdade formal, manteve-se preso aos modelos legados pelos clássicos.

d) Embora marcado por tendências liberais, opôs-se ao nacionalismo político.

e) Voltado para temas nacionalistas, desinteressou-se do elemento exótico, incompatível com a exaltação da pátria.

6. (Fuvest) Assinale a alternativa que só contém características românticas:

a) Fusionismo – dualismo – sentido dilemático da vida – oposições, paradoxos e antítese – metaforização.

b) Simplicidade – bucolismo – pastoralismo – relacionalismo – "poesia de gramática"

c) Sentimentalismo – valorização da natureza – religiosidade – egocentrismo – miscigenação dos gêneros literários – metaforização.

d) Formalismo – temas greco-latinos e patrióticos – preferências pelas formas fixas e versos alexandrinos – impassibilidade – denotação – descritivismo.

e) Musicalidade – sinestesia – sugestão – não separação de sujeito e objeto – metaforização – fusão de concreto + abstrato.

7. (PUC-RJ) Das alternativas abaixo, assinale aquela que *não* corresponde às características do Romantismo:

a) Ocorre a superação das normas literárias construtoras e negação da concepção tradicional de poesia.

b) Movimento que dá origem a políticas conservadoras, bem como ao nacionalismo.

c) O homem manipula e domina a natureza, não mais a obedece.

d) Desvaloriza a expressividade da alma, ocorrendo a primazia da obra (objeto) sobre o indivíduo (criador).

e) Insere-se no momento histórico em que o homem adquire a ideia de liberdade.

8. (ITA-SP) Assinale a alternativa que caracteriza o Romantismo:

a) Valorização do eu. O assunto passa a ser manifestado a partir do artista, que traz à tona o seu mundo interior, com plena liberdade.

b) Literatura multifacetada: valorização da palavra e do ritmo: temática humana e universal.

c) Literatura intrinsecamente brasileira; linguagem direta, coloquial, regras gramaticais, imagens diretas; inspiradas a partir da burguesia da civilização industrial, da máquina e do cientificismo.

d) Literatura que busca inspiração no subconsciente, nas regiões inexploradas da alma: para isso, usa meios indiretos a fim de sugerir ou representar as sensações; funde figura, música e cor.

e) Literatura que visa à perfeição da forma, à objetividade, ao equilíbrio, à perfeição absoluta da linguagem; prefere os temas novos e exóticos.

9. (UFU-MG) Existem diferenças básicas entre a paisagem retratada pelos árcades e a paisagem retratada pelos românticos. Escolha a alternativa correta que define essas duas paisagens:

a) A paisagem romântica é amena e monótona e a paisagem árcade é sempre graciosa e fulgurante.

b) A paisagem árcade é bucólica e a paisagem romântica é ainda mais bucólica, devido aos exageros do eu lírico.

c) A paisagem romântica reflete os sentimentos do eu lírico, enquanto a paisagem árcade é harmoniosa.

d) A paisagem árcade é mais visual enquanto a paisagem romântica só é perceptível através da leitura.

e) A paisagem romântica é rebuscada e emotiva enquanto a paisagem árcade reflete os sentimentos de um eu lírico impassível e objetivo.

❖

Gabarito
1. b
2. e
3. d
4. c
5. b
6. c
7. d
8. a
9. c

RELAÇÃO DOS VOLUMES PUBLICADOS

1. **DOM CASMURRO**
Machado de Assis
2. **O PRÍNCIPE**
Maquiavel
3. **MENSAGEM**
Fernando Pessoa
4. **O LOBO DO MAR**
Jack London
5. **A ARTE DA PRUDÊNCIA**
Baltasar Gracián
6. **IRACEMA / CINCO MINUTOS**
José de Alencar
7. **INOCÊNCIA**
Visconde de Taunay
8. **A MULHER DE 30 ANOS**
Honoré de Balzac
9. **A MORENINHA**
Joaquim Manuel de Macedo
10. **A ESCRAVA ISAURA**
Bernardo Guimarães
11. **AS VIAGENS - "IL MILIONE"**
Marco Polo
12. **O RETRATO DE DORIAN GRAY**
Oscar Wilde
13. **A VOLTA AO MUNDO EM 80 DIAS**
Júlio Verne
14. **A CARNE**
Júlio Ribeiro
15. **AMOR DE PERDIÇÃO**
Camilo Castelo Branco
16. **SONETOS**
Luís de Camões
17. **O GUARANI**
José de Alencar
18. **MEMÓRIAS PÓSTUMAS DE BRÁS CUBAS**
Machado de Assis
19. **LIRA DOS VINTE ANOS**
Álvares de Azevedo
20. **APOLOGIA DE SÓCRATES / BANQUETE**
Platão
21. **A METAMORFOSE/UM ARTISTA DA FOME/CARTA A MEU PAI**
Franz Kafka
22. **ASSIM FALOU ZARATUSTRA**
Friedrich Nietzsche
23. **TRISTE FIM DE POLICARPO QUARESMA**
Lima Barreto
24. **A ILUSTRE CASA DE RAMIRES**
Eça de Queirós
25. **MEMÓRIAS DE UM SARGENTO DE MILÍCIAS**
Manuel Antônio de Almeida
26. **ROBINSON CRUSOÉ**
Daniel Defoe
27. **ESPUMAS FLUTUANTES**
Castro Alves
28. **O ATENEU**
Raul Pompeia
29. **O NOVIÇO / O JUIZ DE PAZ DA ROÇA / QUEM CASA QUER CASA**
Martins Pena
30. **A RELÍQUIA**
Eça de Queirós
31. **O JOGADOR**
Dostoiévski
32. **HISTÓRIAS EXTRAORDINÁRIAS**
Edgar Allan Poe
33. **OS LUSÍADAS**
Luís de Camões
34. **AS AVENTURAS DE TOM SAWYER**
Mark Twain
35. **BOLA DE SEBO E OUTROS CONTOS**
Guy de Maupassant
36. **A REPÚBLICA**
Platão
37. **ELOGIO DA LOUCURA**
Erasmo de Rotterdam
38. **CANINOS BRANCOS**
Jack London
39. **HAMLET**
William Shakespeare
40. **A UTOPIA**
Thomas More
41. **O PROCESSO**
Franz Kafka
42. **O MÉDICO E O MONSTRO**
Robert Louis Stevenson
43. **ECCE HOMO**
Friedrich Nietzsche
44. **O MANIFESTO DO PARTIDO COMUNISTA**
Marx e Engels
45. **DISCURSO DO MÉTODO / REGRAS PARA A DIREÇÃO DO ESPÍRITO**
René Descartes
46. **DO CONTRATO SOCIAL**
Jean-Jacques Rousseau
47. **A LUTA PELO DIREITO**
Rudolf von Ihering
48. **DOS DELITOS E DAS PENAS**
Cesare Beccaria
49. **A ÉTICA PROTESTANTE E O ESPÍRITO DO CAPITALISMO**
Max Weber
50. **O ANTICRISTO**
Friedrich Nietzsche
51. **OS SOFRIMENTOS DO JOVEM WERTHER**
Goethe
52. **AS FLORES DO MAL**
Charles Baudelaire
53. **ÉTICA A NICÔMACO**
Aristóteles
54. **A ARTE DA GUERRA**
Sun Tzu
55. **IMITAÇÃO DE CRISTO**
Tomás de Kempis
56. **CÂNDIDO OU O OTIMISMO**
Voltaire
57. **REI LEAR**
William Shakespeare
58. **FRANKENSTEIN**
Mary Shelley
59. **QUINCAS BORBA**
Machado de Assis
60. **FEDRO**
Platão
61. **POLÍTICA**
Aristóteles
62. **A VIUVINHA / ENCARNAÇÃO**
José de Alencar
63. **AS REGRAS DO MÉTODO SOCIOLÓGICO**
Émile Durkheim
64. **O CÃO DOS BASKERVILLES**
Sir Arthur Conan Doyle
65. **CONTOS ESCOLHIDOS**
Machado de Assis
66. **DA MORTE / METAFÍSICA DO AMOR / DO SOFRIMENTO DO MUNDO**
Arthur Schopenhauer
67. **AS MINAS DO REI SALOMÃO**
Henry Rider Haggard
68. **MANUSCRITOS ECONÔMICO-FILOSÓFICOS**
Karl Marx
69. **UM ESTUDO EM VERMELHO**
Sir Arthur Conan Doyle
70. **MEDITAÇÕES**
Marco Aurélio
71. **A VIDA DAS ABELHAS**
Maurice Materlinck
72. **O CORTIÇO**
Aluísio Azevedo
73. **SENHORA**
José de Alencar
74. **BRÁS, BEXIGA E BARRA FUNDA / LARANJA DA CHINA**
Antônio de Alcântara Machado
75. **EUGÊNIA GRANDET**
Honoré de Balzac
76. **CONTOS GAUCHESCOS**
João Simões Lopes Neto
77. **ESAÚ E JACÓ**
Machado de Assis
78. **O DESESPERO HUMANO**
Sören Kierkegaard
79. **DOS DEVERES**
Cícero
80. **CIÊNCIA E POLÍTICA**
Max Weber
81. **SATÍRICON**
Petrônio
82. **EU E OUTRAS POESIAS**
Augusto dos Anjos
83. **FARSA DE INÊS PEREIRA / AUTO DA BARCA DO INFERNO / AUTO DA ALMA**
Gil Vicente
84. **A DESOBEDIÊNCIA CIVIL E OUTROS ESCRITOS**
Henry David Toreau
85. **PARA ALÉM DO BEM E DO MAL**
Friedrich Nietzsche
86. **A ILHA DO TESOURO**
R. Louis Stevenson
87. **MARÍLIA DE DIRCEU**
Tomás A. Gonzaga
88. **AS AVENTURAS DE PINÓQUIO**
Carlo Collodi
89. **SEGUNDO TRATADO SOBRE O GOVERNO**
John Locke
90. **AMOR DE SALVAÇÃO**
Camilo Castelo Branco
91. **BROQUÉIS/FARÓIS/ ÚLTIMOS SONETOS**
Cruz e Souza
92. **I-JUCA-PIRAMA / OS TIMBIRAS / OUTROS POEMAS**
Gonçalves Dias
93. **ROMEU E JULIETA**
William Shakespeare
94. **A CAPITAL FEDERAL**
Arthur Azevedo
95. **DIÁRIO DE UM SEDUTOR**
Sören Kierkegaard
96. **CARTA DE PERO VAZ DE CAMINHA A EL-REI SOBRE O ACHAMENTO DO BRASIL**
97. **CASA DE PENSÃO**
Aluísio Azevedo
98. **MACBETH**
William Shakespeare

99. **Édipo Rei/Antígona**
Sófocles

100. **Lucíola**
José de Alencar

101. **As Aventuras de Sherlock Holmes**
Sir Arthur Conan Doyle

102. **Bom-Crioulo**
Adolfo Caminha

103. **Helena**
Machado de Assis

104. **Poemas Satíricos**
Gregório de Matos

105. **Escritos Políticos / A Arte da Guerra**
Maquiavel

106. **Ubirajara**
José de Alencar

107. **Diva**
José de Alencar

108. **Eurico, o Presbítero**
Alexandre Herculano

109. **Os Melhores Contos**
Lima Barreto

110. **A Luneta Mágica**
Joaquim Manuel de Macedo

111. **Fundamentação da Metafísica dos Costumes e Outros Escritos**
Immanuel Kant

112. **O Príncipe e o Mendigo**
Mark Twain

113. **O Domínio de Si Mesmo Pela Auto-Sugestão Consciente**
Émile Coué

114. **O Mulato**
Aluísio Azevedo

115. **Sonetos**
Florbela Espanca

116. **Uma Estadia no Inferno / Poemas / Carta do Vidente**
Arthur Rimbaud

117. **Várias Histórias**
Machado de Assis

118. **Fédon**
Platão

119. **Poesias**
Olavo Bilac

120. **A Conduta para a Vida**
Ralph Waldo Emerson

121. **O Livro Vermelho**
Mao Tsé-Tung

122. **Oração aos Moços**
Rui Barbosa

123. **Otelo, o Mouro de Veneza**
William Shakespeare

124. **Ensaios**
Ralph Waldo Emerson

125. **De Profundis / Balada do Cárcere de Reading**
Oscar Wilde

126. **Crítica da Razão Prática**
Immanuel Kant

127. **A Arte de Amar**
Ovídio Naso

128. **O Tartufo ou O Impostor**
Molière

129. **Metamorfoses**
Ovídio Naso

130. **A Gaia Ciência**
Friedrich Nietzsche

131. **O Doente Imaginário**
Molière

132. **Uma Lágrima de Mulher**
Aluísio Azevedo

133. **O Último Adeus de Sherlock Holmes**
Sir Arthur Conan Doyle

134. **Canudos - Diário de Uma Expedição**
Euclides da Cunha

135. **A Doutrina de Buda**
Siddharta Gautama

136. **Tao Te Ching**
Lao-Tsé

137. **Da Monarquia / Vida Nova**
Dante Alighieri

138. **A Brasileira de Prazins**
Camilo Castelo Branco

139. **O Velho da Horta/Quem Tem Farelos?/Auto da Índia**
Gil Vicente

140. **O Seminarista**
Bernardo Guimarães

141. **O Alienista / Casa Velha**
Machado de Assis

142. **Sonetos**
Manuel du Bocage

143. **O Mandarim**
Eça de Queirós

144. **Noite na Taverna / Macário**
Álvares de Azevedo

145. **Viagens na Minha Terra**
Almeida Garrett

146. **Sermões Escolhidos**
Padre Antonio Vieira

147. **Os Escravos**
Castro Alves

148. **O Demônio Familiar**
José de Alencar

149. **A Mandrágora / Belfagor, o Arquidiabo**
Maquiavel

150. **O Homem**
Aluísio Azevedo

151. **Arte Poética**
Aristóteles

152. **A Megera Domada**
William Shakespeare

153. **Alceste/Electra/Hipólito**
Eurípedes

154. **O Sermão da Montanha**
Huberto Rohden

155. **O Cabeleira**
Franklin Távora

156. **Rubáiyát**
Omar Khayyám

157. **Luzia-Homem**
Domingos Olímpio

158. **A Cidade e as Serras**
Eça de Queirós

159. **A Retirada da Laguna**
Visconde de Taunay

160. **A Viagem ao Centro da Terra**
Júlio Verne

161. **Caramuru**
Frei Santa Rita Durão

162. **Clara dos Anjos**
Lima Barreto

163. **Memorial de Aires**
Machado de Assis

164. **Bhagavad Gita**
Krishna

165. **O Profeta**
Khalil Gibran

166. **Aforismos**
Hipócrates

167. **Kama Sutra**
Vatsyayana

168. **O Livro da Jângal**
Rudyard Kipling

169. **De Alma para Alma**
Huberto Rohden

170. **Orações**
Cícero

171. **Sabedoria das Parábolas**
Huberto Rohden

172. **Salomé**
Oscar Wilde

173. **Do Cidadão**
Thomas Hobbes

174. **Porque Sofremos**
Huberto Rohden

175. **Einstein: o Enigma do Universo**
Huberto Rohden

176. **A Mensagem Viva do Cristo**
Huberto Rohden

177. **Mahatma Gandhi**
Huberto Rohden

178. **A Cidade do Sol**
Tommaso Campanella

179. **Setas para o Infinito**
Huberto Rohden

180. **A Voz do Silêncio**
Helena Blavatsky

181. **Frei Luís de Sousa**
Almeida Garrett

182. **Fábulas**
Esopo

183. **Cântico de Natal/ Os Carrilhões**
Charles Dickens

184. **Contos**
Eça de Queirós

185. **O Pai Goriot**
Honoré de Balzac

186. **Noites Brancas e Outras Histórias**
Dostoiévski

187. **Minha Formação**
Joaquim Nabuco

188. **Pragmatismo**
William James

189. **Discursos Forenses**
Enrico Ferri

190. **Medeia**
Eurípedes

191. **Discursos de Acusação**
Enrico Ferri

192. **A Ideologia Alemã**
Marx & Engels

193. **Prometeu Acorrentado**
Ésquilo

194. **Iaiá Garcia**
Machado de Assis

195. **Discursos no Instituto dos Advogados Brasileiros / Discurso no Colégio Anchieta**
Rui Barbosa

196. **Édipo em Colono**
Sófocles

197. **A Arte de Curar pelo Espírito**
Joel S. Goldsmith

198. **Jesus, o Filho do Homem**
Khalil Gibran

199. **Discurso sobre a Origem e os Fundamentos da Desigualdade entre os Homens**
Jean-Jacques Rousseau

200. **Fábulas**
La Fontaine

201. **O Sonho de uma Noite de Verão**
William Shakespeare

202. Maquiavel, o Poder
José Nivaldo Junior

203. Ressurreição
Machado de Assis

204. O Caminho da Felicidade
Huberto Rohden

205. A Velhice do Padre Eterno
Guerra Junqueiro

206. O Sertanejo
José de Alencar

207. Gitanjali
Rabindranath Tagore

208. Senso Comum
Thomas Paine

209. Canaã
Graça Aranha

210. O Caminho Infinito
Joel S. Goldsmith

211. Pensamentos
Epicuro

212. A Letra Escarlate
Nathaniel Hawthorne

213. Autobiografia
Benjamin Franklin

214. Memórias de Sherlock Holmes
Sir Arthur Conan Doyle

215. O Dever do Advogado / Posse de Direitos Pessoais
Rui Barbosa

216. O Tronco do Ipê
José de Alencar

217. O Amante de Lady Chatterley
D. H. Lawrence

218. Contos Amazônicos
Inglês de Souza

219. A Tempestade
William Shakespeare

220. Ondas
Euclides da Cunha

221. Educação do Homem Integral
Huberto Rohden

222. Novos Rumos para a Educação
Huberto Rohden

223. Mulherzinhas
Louise May Alcott

224. A Mão e a Luva
Machado de Assis

225. A Morte de Ivan Ilicht / Senhores e Servos
Leon Tolstói

226. Álcoois e Outros Poemas
Apollinaire

227. Pais e Filhos
Ivan Turguêniev

228. Alice no País das Maravilhas
Lewis Carroll

229. À Margem da História
Euclides da Cunha

230. Viagem ao Brasil
Hans Staden

231. O Quinto Evangelho
Tomé

232. Lorde Jim
Joseph Conrad

233. Cartas Chilenas
Tomás Antônio Gonzaga

234. Odes Modernas
Anntero de Quental

235. Do Cativeiro Babilônico da Igreja
Martinho Lutero

236. O Coração das Trevas
Joseph Conrad

237. Thais
Anatole France

238. Andrômaca / Fedra
Racine

239. As Catilinárias
Cícero

240. Recordações da Casa dos Mortos
Dostoiévski

241. O Mercador de Veneza
William Shakespeare

242. A Filha do Capitão / A Dama de Espadas
Aleksandr Púchkin

243. Orgulho e Preconceito
Jane Austen

244. A Volta do Parafuso
Henry James

245. O Gaúcho
José de Alencar

246. Tristão e Isolda
Lenda Medieval Celta de Amor

247. Poemas Completos de Alberto Caeiro
Fernando Pessoa

248. Maiakósvski
Vida e Poesia

249. Sonetos
William Shakespeare

250. Poesia de Ricardo Reis
Fernando Pessoa

251. Papéis Avulsos
Machado de Assis

252. Contos Fluminenses
Machado de Assis

253. O Bobo
Alexandre Herculano

254. A Oração da Coroa
Demóstenes

255. O Castelo
Franz Kafka

256. O Trovejar do Silêncio
Joel S. Goldsmith

257. Alice na Casa dos Espelhos
Lewis Carrol

258. Miséria da Filosofia
Karl Marx

259. Júlio César
William Shakespeare

260. Antônio e Cleópatra
William Shakespeare

261. Filosofia da Arte
Huberto Rohden

262. A Alma Encantadora das Ruas
João do Rio

263. A Normalista
Adolfo Caminha

264. Pollyanna
Eleanor H. Porter

265. As Pupilas do Senhor Reitor
Júlio Diniz

266. As Primaveras
Casimiro de Abreu

267. Fundamentos do Direito
Léon Duguit

268. Discursos de Metafísica
G. W. Leibniz

269. Sociologia e Filosofiia
Émile Durkheim

270. Cancioneiro
Fernando Pessoa

271. A Dama das Camélias
Alexandre Dumas (filho)

272. O Divórcio / As Bases da Fé / e outros textos
Rui Barbosa

273. Pollyanna Moça
Eleanor H. Porter

274. O 18 Brumário de Luís Bonaparte
Karl Marx

275. Teatro de Machado de Assis
Antologia

276. Cartas Persas
Montesquieu

277. Em Comunhão com Deus
Huberto Rohden

278. Razão e Sensibilidade
Jane Austen

279. Crônicas Selecionadas
Machado de Assis

280. Histórias da Meia-Noite
Machado de Assis

281. Cyrano de Bergerac
Edmond Rostand

282. O Maravilhoso Mágico de Oz
L. Frank Baum

283. Trocando Olhares
Florbela Espanca

284. O Pensamento Filosófico da Antiguidade
Huberto Rohden

285. Filosofia Contemporânea
Huberto Rohden

286. O Espírito da Filosofia Oriental
Huberto Rohden

287. A Pele do Lobo / O Badejo / o Dote
Artur Azevedo

288. Os Bruzundangas
Lima Barreto

289. A Pata da Gazela
José de Alencar

290. O Vale do Terror
Sir Arthur Conan Doyle

291. O Signo dos Quatro
Sir Arthur Conan Doyle

292. As Máscaras do Destino
Florbela Espanca

293. A Confissão de Lúcio
Mário de Sá-Carneiro

294. Falenas
Machado de Assis

295. O Uraguai / A Declamação Trágica
Basílio da Gama

296. Crisálidas
Machado de Assis

297. Americanas
Machado de Assis

298. A Carteira de Meu Tio
Joaquim Manuel de Macedo

299. Catecismo da Filosofia
Huberto Rohden

300. Apologia de Sócrates
Platão (Edição bilingue)

301. Rumo à Consciência Cósmica
Huberto Rohden

302. Cosmoterapia
Huberto Rohden

303. Bodas de Sangue
Federico García Lorca

304. Discurso da Servidão Voluntária
Étienne de La Boétie

305. **Categorias**
Aristóteles

306. **Manon Lescaut**
Abade Prévost

307. **Teogonia / Trabalho e Dias**
Hesíodo

308. **As Vítimas-Algozes**
Joaquim Manuel de Macedo

309. **Persuasão**
Jane Austen

310. **Agostinho** - *Huberto Rohden*

311. **Roteiro Cósmico**
Huberto Rohden

312. **A Queda dum Anjo**
Camilo Castelo Branco

313. **O Cristo Cósmico e os Essênios** - *Huberto Rohden*

314. **Metafísica do Cristianismo**
Huberto Rohden

315. **Rei Édipo** - *Sófocles*

316. **Livro dos provérbios**
Salomão

317. **Histórias de Horror**
Howard Phillips Lovecraft

318. **O Ladrão de Casaca**
Maurice Leblanc

319. **Til**
José de Alencar

Série Ouro
(Livros com mais de 400 p.)

1. **Leviatã**
Thomas Hobbes

2. **A Cidade Antiga**
Fustel de Coulanges

3. **Crítica da Razão Pura**
Immanuel Kant

4. **Confissões**
Santo Agostinho

5. **Os Sertões**
Euclides da Cunha

6. **Dicionário Filosófico**
Voltaire

7. **A Divina Comédia**
Dante Alighieri

8. **Ética Demonstrada à Maneira dos Geômetras**
Baruch de Spinoza

9. **Do Espírito das Leis**
Montesquieu

10. **O Primo Basílio**
Eça de Queirós

11. **O Crime do Padre Amaro**
Eça de Queirós

12. **Crime e Castigo**
Dostoiévski

13. **Fausto**
Goethe

14. **O Suicídio**
Émile Durkheim

15. **Odisseia**
Homero

16. **Paraíso Perdido**
John Milton

17. **Drácula**
Bram Stoker

18. **Ilíada**
Homero

19. **As Aventuras de Huckleberry Finn**
Mark Twain

20. **Paulo – O 13º Apóstolo**
Ernest Renan

21. **Eneida**
Virgílio

22. **Pensamentos**
Blaise Pascal

23. **A Origem das Espécies**
Charles Darwin

24. **Vida de Jesus**
Ernest Renan

25. **Moby Dick**
Herman Melville

26. **Os Irmãos Karamazovi**
Dostoiévski

27. **O Morro dos Ventos Uivantes**
Emily Brontë

28. **Vinte Mil Léguas Submarinas**
Júlio Verne

29. **Madame Bovary**
Gustave Flaubert

30. **O Vermelho e o Negro**
Stendhal

31. **Os Trabalhadores do Mar**
Victor Hugo

32. **A Vida dos Doze Césares**
Suetônio

33. **O Moço Loiro**
Joaquim Manuel de Macedo

34. **O Idiota**
Dostoiévski

35. **Paulo de Tarso**
Huberto Rohden

36. **O Peregrino**
John Bunyan

37. **As Profecias**
Nostradamus

38. **Novo Testamento**
Huberto Rohden

39. **O Corcunda de Notre Dame**
Victor Hugo

40. **Arte de Furtar**
Anônimo do século XVII

41. **Germinal**
Émile Zola

42. **Folhas de Relva**
Walt Whitman

43. **Ben-Hur — Uma História dos Tempos de Cristo**
Lew Wallace

44. **Os Maias**
Eça de Queirós

45. **O Livro da Mitologia**
Thomas Bulfinch

46. **Os Três Mosqueteiros**
Alexandre Dumas

47. **Poesia de Álvaro de Campos**
Fernando Pessoa

48. **Jesus Nazareno**
Huberto Rohden

49. **Grandes Esperanças**
Charles Dickens

50. **A Educação Sentimental**
Gustave Flaubert

51. **O Conde de Monte Cristo (Volume I)**
Alexandre Dumas

52. **O Conde de Monte Cristo (Volume II)**
Alexandre Dumas

53. **Os Miseráveis (Volume I)**
Victor Hugo

54. **Os Miseráveis (Volume II)**
Victor Hugo

55. **Dom Quixote de La Mancha (Volume I)**
Miguel de Cervantes

56. **Dom Quixote de La Mancha (Volume II)**
Miguel de Cervantes

57. **As Confissões**
Jean-Jacques Rousseau

58. **Contos Escolhidos**
Artur Azevedo

59. **As Aventuras de Robin Hood**
Howard Pyle

60. **Mansfield Park**
Jane Austen